OLINDE

ET

SOPHRONIE,

TRAGEDIE,

EN CINQ ACTES, EN VERS.

Par l'Auteur de VIRGINIE.

A LA HAYE,

Et se trouve, à Paris,

Chez LE JAY, Libraire, rue Saint-Jacques, au Grand Corneille.

M. DCC. LXXIV.

PRÉFACE.

CE n'eſt pas un fanatique * qu'a voulu peindre le premier maître de la ſcène françoiſe dans ſa tragédie de *Polyeucte*, où les caractères de *Pauline* & de *Sévère* ſont ſi dignes du génie qui les a deſſinés. *Racine* donne auſſi le zèle ardent de *Joad* comme un modéle pur & louable. Je crois donc que *Mathan* eſt le premier fanatique introduit ſur notre Théâtre, & il eſt préſenté ſous des traits bien capables de le faire juſtement déteſter. Les déclarations de *Mathan* à *Nabal*, dans la Scène III du troiſiéme acte de la Tragédie ſublime d'*Athalie*, ſont tout-à-fait propres à inſpirer la plus forte haine contre un perſonnage qu'on ne pouvoit rendre trop odieux ; peut-être auſſi l'illuſtre Auteur a-t-il jugé plus avantageux de faire déteſter les effets du fanatiſme que de faire connoître l'eſprit du fa-

* Le fanatiſme eſt une prévention furieuſe pour des opinions preſque toujours reçues ſans examen & qu'on veut faire adopter par toutes ſortes de voyes. Il reſſemble à l'enthouſiaſme, quoiqu'il en ſoit diſtingué dans ſon objet & dans ſes moyens qu'on ſuppoſe toujours mauvais & qu'on ne prend jamais qu'en mauvaiſe part.

atique auquel il n'échape guères de pareils aveux qui ne sont point dans la nature, surtout d'un tel caractère, & qui ne se trouvent que dans des scènes de confidens.

Le plus grand Coloriste de l'école dramatique a employé sa brillante palette à la peinture du fanatisme. Pourquoi n'a-t il pû empêcher son pinceau, qui embellit tout ce qu'il touche, de répandre un éclat favorable jusques sur un tableau qui ne devoit inspirer que de la terreur ? Les véritables fanatiques ne seroient-ils pas plutôt excités que découragés, non-seulement par les succès de *Mahomet*, mais par l'admiration qu'il arrache quelquefois malgré ses forfaits ? *

Un homme de Lettres, connu par des piéces estimables, vient de publier une Tragédie dont le fanatisme fournit aussi le sujet ; mais il a crû que l'image seroit plus utile en mettant sous nos yeux les abus & les crimes que le faux zéle produit dans notre Religion même, qui le condamne & qu'il a si souvent infectée de son poison funeste. Ces vues louables en effet avoient déja produit la Tragé-

* Je ne dirai rien de la Tragédie des *Guèbres* dont le but est aussi de combattre le fanatisme. Elle est attribuée à l'auteur de *Mahomet* par ceux qui savent sans doute qu'elle est de lui, & il y a des morceaux éloquens qui seroient difficilement d'un autre.

die de *Coligny* par M. d'*Arnaud* *, qui avoit peut-être l'esprit encore un peu rempli des idées du fanatisme lorsqu'ensuite il a voulu peindre la vraie piété & qu'il est allé la chercher dans les déserts de la Trape.

Il me semble que la peinture la plus salutaire du fanatisme & la plus propre à nous en détourner est celle des maux qu'il nous a causés à nous-mêmes. Le spectacle de nos malheurs nous touche plus que celui de nos erreurs, & n'est pas moins instructif. Il n'est peut-être pas impossible de nous faire concevoir de l'horreur pour nos propres crimes; mais il est presque impossible que nous ne détestions pas les forfaits dont nous sommes les victimes.

C'est à la vue des échaffauds & des haches, des chevalets & des buchers, qu'il faut interroger les partisans de la persécution; c'est aux Chrétiens persécutés qu'il faut demander ce qu'on doit penser des persécuteurs.

J'ai puisé mon sujet dans la *Jérusalem Délivrée* & j'ai choisi l'histoire intéressante d'*Olinde & Sophronie*. J'ai pensé que l'autorité du *Tasse* feroit tolérer ce vol d'une image

---

* Ecrivain si justement célèbre par le charme de ses Poésies légéres & par l'intérêt qui regne dans son *Comte de Comminge*, dans son *Euphémie*, & dans ses *Epreuves du Sentiment*.

qui paroît un objet peu grave pour une Tragédie. C'eſt ainſi qu'en liſant *Homère* & *Virgile* on peut encore entendre ſans rire un héros de l'ancienne Grèce parler du *Palladium* ou du *Cheval de Troie*.

J'ai changé abſolument la cataſtrophe, parceque je ne pouvois adopter le dénoûment du *Taſſe*, bon dans un Poëme épique, mais contraire à toutes les règles du Drame. Il n'y a pas de loi plus ſacrée que celle qui exige que le dénoûment ſorte du fond du ſujet. L'arrivée imprévue de *Clorinde* eut reſſemblé à la deſcente de quelque Dieu dans les Machines de l'Opéra, pour amener un Ballet & réjouir les yeux du ſpectateur qui n'a pas beſoin de ſon ame. Si j'avois intéreſſé *Clorinde* dans ma Piéce par quelque double amour ou autrement, j'aurois compliqué l'intrigue, &c, puiſque j'ai pû la rendre ſimple, je ne m'en repens pas.

Il eſt permis au Poëte d'altérer l'Hiſtoire; il n'eſt pas ſans doute obligé d'avoir plus de reſpect pour la Fable. La vérité qu'il ne doit jamais perdre de vue eſt celle des caractères. Je ne ſais ſi *Sophronie* eût été plus intéreſſante en partageant l'amour d'*Olinde*; mais ſa ferveur devoit être décidée, ferme, inébranlable, & l'enthouſiaſme de la dévotion exclut celui de l'amour, parce qu'une paſſion forte qui remplit l'ame ne laiſſe pas de place à une autre. J'ai donné à *Olinde* un caractère fort différent. Je n'en dirai rien : il faut l'examiner pour le juger. J'avoue que, s'il eſt manqué, tout eſt manqué.

Ce n'eſt pas dans le répertoire du Théâtre, c'eſt dans l'Hiſtoire que j'ai trouvé le caractère d'*Iſmen*. Je ne me ſuis pas attaché cependant à faire un portrait qui reſſemble à perſonne en particulier ; j'ai eſſayé de réunir les différens traits qui peuvent former le tableau du fanatique ambitieux & politique. Ce caractère, un des plus redoutables dans tous les Gouvernemens & dans toutes les Religions, paroit moins dangereux à préſent parce qu'il fait moins d'illuſion.

Quelques gens croyent l'eſprit du fanatiſme ſi parfaitement diſſipé qu'ils ſemblent appréhender même qu'on ne porte l'anti-fanatiſme trop loin ; ils affectent de rejetter avec dégout ce qu'on écrit encore contre les fanatiques, comme ſi ce n'étoit plus que des déclamations pour le moins inutiles & peut-être pernicieuſes. Je ne ſaurois être de cet avis. Les traits mêmes les plus atroces du plus violent fanatiſme ne ſont pas ſi éloignés de nous que la mémoire doive en être effacée.

Les ſcènes ſcandaleuſes du cimetière de *Saint-Médard* attiroient plus de monde que les réprésentations de *Zaïre*, qui fut jouée dans la même année ſur le Théâtre François. Les *Convulſions*, qui auroient déshonoré l'âge le plus barbare & le plus ſuperſtitieux, font néanmoins la honte du nôtre. Dans ces derniers temps, l'Europe n'a-t-elle pas vû avec horreur trois attentats qui prouvent trop que le feu du fanatiſme n'eſt pas entiérem nt éteint ou qu'il peut renaître de ſes cendres.

Quoique nous ne voyons plus à la Cour d'*Aſtrologues* ni de *Tartuffes*, ne nous hâtons pas d'aſſurer que l'erreur & le fanatiſme ſoient détruits ſans retour. Ne ceſſons de combattre un monſtre qu'il ne faudroit pas rougir d'accabler même après ſa chute ſans lui d nner le tems de ſe relever & de reprendre ſes forces. Ce triomphe ſi deſirable doit être l'ouvrage de la raiſon & de la philoſophie. On ne peut nier que les Lettres n'ayent fait & ne faſſent encore beaucoup de mal. C'eſt à ceux qui les cultivent, comme elles doivent être cultivées, de faire voir que leurs travaux peuvent quelquefois être utiles au monde. Un ſi grand ſervice leur méritera l'indulgence dont ils ont ſouvent beſoin.

Les âges futurs jugeront le nôtre un jour comme nous jugeons ceux qui nous ont précédés. On connoit les siècles que la flatterie a désignés par les noms des Princes qui ont le moins mérité du genre humain. Si, dans un siècle philosophique, les Gens de lettres mêmes ne sont pas exempts de reproche ; que, trop divisés sur d'autres points, ils se réunissent dans leurs efforts contre le fanatisme. Qu'ils achèvent ce qu'ils ont heureusement commencé. Qu'ils ne se lassent ni ne se rebutent. Qu'ils rendent à jamais odieux les persécuteurs & ceux qui les excitent. Que la lumière, se communiquant & se répandant, devienne universelle dans tous les rangs & dans tous les pays. Les abus trop réels qu'on impute aux Lettres seront réparés si le monde leur doit enfin l'extirpation de l'esprit de superstition. L'age, caractérisé par la vraie philosophie, ne sera pas le moins utile à l'humanité & ne doit pas être le moins précieux à la postérité.

ACTEURS.

ALADIN, *Sultan de* SOLIME, ou *Jerusalem.*

OMAR, *Ministre du Sultan.*

ISMEN, *autre Ministre, de l'Ordre Ecclésiastique.*

OLINDE, *jeune Chrétien.*

NADIR, *Confident* D'ISMEN.

SOPHRONIE, *jeune Chrétienne.*

NABAL, *ami* D'OLINDE.

ITHOBAL, *Officier de la Garde du Sultan.*

ÆMIR, *autre Officier.*

PEUPLE ET SOLDATS.

La Scène est à Solime, dans un vestibule du Palais Sultan, qui sert de Salle d'Audience.

OLINDE ET SOPHRONIE, TRAGÉDIE.

ACTE PREMIER.

SCENE PREMIERE.

ISMEN, NADIR.

ISMEN.

Nous triomphons, Nadir : les méchans que je hais,
Vont recevoir enfin le prix de leurs forfaits.
Le sang vil des Chrétiens coulera dans Solime.
Dès longtemps sous leurs pas mes mains creusent l'abîme
Où va tomber ce peuple orgueilleux & pervers.

Jusqu'au sein de l'Europe & dans tout l'Univers;
Puissé-je anéantir une secte infidelle !

NADIR.

Quel intérêt puissant vous anime contr'elle ?

ISMEN.

J'unis mes intérêts aux intérêts du Ciel.
Pourroit-on m'accuser d'être injuste ou cruel?
Qui force les Chrétiens de courir à leur perte ?
La porte du salut leur est toujours ouverte.
Il faut, s'ils veulent fuir, les contraindre d'entrer.
L'esclave qui craint Dieu, peut ainsi l'honorer.
Subjuguons les esprits & commandons aux ames.
Notre foi doit regner par le fer & les flammes.
Hélas ! je ne combats que pour la vérité.
Mes vœux ne sont conduits que par la charité.
Eclairer les Chrétiens, est ma plus chère envie :
Je leur offre la paix, le bonheur & la vie.
Mais malheur aux ingrats s'ils osent s'obstiner;
Je veux les convertir ou les exterminer.
J'ai tracé le chemin; il faut qu'à mon exemple,
Ils honorent mon Dieu, mon Prophète & mon Temple.
Qui craint de m'imiter, me trahit en secret.
Qui ne veut pas me suivre, à me perdre est tout prêt.
Chez le peuple Chrétien j'ai reçu la naissance :
Il m'inspira d'abord son absurde croyance;
Enfin le Tout-Puissant daigna toucher mon cœur.
Je vis, je reconnus & j'abjurai l'erreur.
Mais la prévention, l'orgueil, la jalousie,
Ont flétri cet effort du nom d'apostasie.
Je connois des Chrétiens l'esprit audacieux.
L'ennemi de leur loi n'est qu'un monstre à leurs yeux.

Il n'eſt rien contre moi qu'un faux zèle ne tente ;
Les ſupplices, la mort, n'ont rien qui l'épouvante.
C'eſt mériter le Ciel qu'immoler un tyran,
Et leur haine déja me place dans ce rang.

NADIR.

J'écoute, en frémiſſant, ces horribles maximes.
Le Ciel ſeroit le prix du plus affreux des crimes !
Que je connoiſſois mal ces barbares Chrétiens !

ISMEN.

Ils me perdront, Nadir, ſi je ne les préviens.

NADIR.

N'héſitez pas, Seigneur, & prévenez des traîtres.

ISMEN.

Ils n'ont jamais longtemps de rivaux ni de maîtres ;
Leur culte impérieux ſait bientôt triompher.
Ce moment eſt le ſeul où je peux l'étouffer.
En vain la Politique eſpère les réduire.
Il faut, ou leur céder, ou ſavoir les détruire.

NADIR.

Périſſent les Chretiens : abattez ce grand corps.
Puiſſe un heureux ſuccès couronner vos efforts !

ISMEN.

T'avouerai-je un motif qui m'excite & m'anime,
Fondé ſur l'intérêt & pourtant légitime ?
Tu connois le rival qui partage avec moi
Les honneurs de l'Etat & la faveur du Roi.
Dans ſa fauſſe prudence, Aladin ſe confie.
Protecteur des Chrétiens & de tout culte impie,
Omar (de ſes pareils tel eſt l'eſprit commun)
Tolère tous les Dieux, & n'en adore aucun.
A ma religion, pour moi, toujours fidelle,
Je ne veux m'élever & regner que par elle.
En ſoutenant mes droits je défendrai les ſiens.

Perdre ſes ennemis, c'eſt me venger des miens.
Jamais occaſion ne ſe montra plus belle,
D'enflammer les eſprits contre un peuple rebelle.
Les Chrétiens chaque jour ſont plus audacieux.
Leur dernier attentat eſt le plus odieux.

NADIR.

Sont-ils bien convaincus ? A-t-on fait quelque épreuve ?...

ISMEN.

Contre nos ennemis a-t-on beſoin de preuve ?
Ils ſont trop criminels : la ſuperſtition
De ce peuple ſtupide eſt la religion.
Le vrai Dieu, l'Eternel n'a pû mourir ni naître.
Il ne peut commencer, il ne peut ceſſer d'être.
Celui qui fit le Temps & qui le détruira,
A dû le précéder comme il lui ſurvivra.
Telle eſt des Muſulmans la foi ſublime & pure.
Les prêtres des Chrétiens, dans leur doctrine obſcure,
Enſeignent un Dieu foible, impuiſſant & mortel,
Qui dût ſouffrir ici pour regner dans le Ciel.
Dans les flancs d'une Juive; il prit, dit-on, naiſſance;
La mère, dont le ſein allaita ſon enfance,
D'une ſecte idolâtre eſt la divinité.
Cent prodiges divers, de la crédulité
Flattent le fanatiſme; elle eſt vierge, elle eſt mère :
A l'égal de ſon Dieu le peuple la révère.
N'as-tu pas entendu ſes cris ſéditieux,
Lorſque, dans un lieu ſaint, mais profane à ſes yeux,
Je faiſois tranſporter cette image ſacrée,
Du Temple où des Chrétiens elle étoit révérée.
Ils murmuroient tout haut : ils vouloient ſe venger;
D'un zèle furieux je connus le danger.

Leur perte fut jurée : il faut que je l'obtienne.
Il faut.... On vient.

ITHOBAL.

Seigneur, une jeune Chrétienne,
Erre dans ce Palais & veut parler au Roi.

ISMEN.

Qu'on l'arrête, Ithobal, & conduisez-la moi....
Seroit-ce des Chrétiens un nouvel artifice ?
Voudroient-ils d'Aladin surprendre la justice ?
Faut il m'attendre encore à de nouveaux forfaits ?
Que veut cette Chrétienne ? Elle vient....

SCENE II.

ISMEN, SOPHRONIE, NADIR.

ISMEN.

Que d'attraits !
Jamais rien de si beau ne s'offrit à ma vue.
Venez, rassurez-vous, jeune & belle inconnue.
Quel sujet vous conduit dans cet heureux séjour ?
Faite, par vos appas, pour embellir la Cour,
Quels lieux ont jusqu'ici recelé tant de charmes ?
Pourquoi vous troublez-vous ? Répondez sans alarmes.

SOPHRONIE.

Pour la première fois je porte ici mes pas.
Le Serrail des Sultans, des armes, des soldats,
L'or qui brille par tout, ce superbe portique,
Cet appareil des Cours, terrible & magnifique
Tout porte dans mes sens la surprise & l'effroi,

Tout ce qui m'environne eſt inconnu pour moi.
Seigneur, je viens ici découvrir des myſtères,
Que ma religion, l'intérêt de mes frères,
Ne me permettent plus, ſans crime, de celer.
Mais au ſeul Aladin je dois les révéler.

ISMEN.

Je me proſterne aux pieds de ſon trône ſublime.
De l'auguſte Sultan qui regne dans Solime,
Je ſuis, ainſi que vous, l'eſclave & le ſujet.
Mais parlez cependant : quel eſt votre projet ?
Quel motif important peut ici vous conduire ?
Sans crainte & ſans détour, vous devez m'en inſtruire.
Aladin, qui connoît & mon zèle & ma foi,
Des ſecrets de l'Etat ſe repoſe ſur moi.

SOPHRONIE.

Rien ne peut me forcer à rompre le ſilence.
Je veux voir le Sultan : ce n'eſt qu'en ſa préſence
Qu'il m'eſt permis, Seigneur, d'expliquer mon ſecret.

ISMEN.

Vous m'étonnez, Madame, & je forme à regret
Contre vous des ſoupçons qu'il faut que je prévienne.
Vous venez au Serrail & vous êtes chrétienne !
Quels ſeroient vos deſſeins ? Savez-vous qui je ſuis,
Le rang qu'ici j'occupe, & tout ce que je puis ?

SOPHRONIE.

J'ignore tout, Seigneur ; & que puis-je connoître !
Pour la première fois vous me voyez paroître.
Loin du Palais des Rois, loin du faſte des Cours,
Dans l'humble obſcurité le Ciel cacha mes jours.
Je ne peux maintenant en dire davantage.

ISMEN.

ISMEN.

Tant de discrétion est bien rare à votre âge,
Madame, mais sachez qu'on peut s'en repentir;
Vous verrez le Sultan, & je vais l'avertir.
Mais, s'il faut qu'Aladin consente à vous entendre;
Songez que d'un seul mot votre sort va dépendre.

SCENE III.

SOPHRONIE, *seule.*

D'Où vient que je frissonne? Une lâche terreur
Va-t-elle en ce moment s'emparer de mon cœur?
Soutiens, ô Tout-Puissant, ma timide jeunesse;
C'est toi, grand Dieu, c'est toi, qui, malgré ma foiblesse,
As daigné m'inspirer le dessein généreux
De mourir pour sauver mes frères malheureux.
Sans toi je ne peux rien: que ta grace puissante,
Éloigne de mes sens le trouble & l'épouvante.
Je combats pour ta gloire & je parle en ton nom.
Aladin va paroître; accorde-moi le don
D'émouvoir, de fléchir un Monarque terrible.
Prête à ma foible voix cette force invincible,
Qui brise les rochers, qui fait taire les vents.
Tu commandes aux Rois, tu soumets les tyrans;
Tu réduis à ton gré le cœur le plus farouche...
Que le Sultan m'écoute & que ta main le touche.
Qu'il révoque la loi qui proscrit tes enfans.
Que je les voie encore heureux & triomphans;
Qu'ils vivent dans la paix, & je mourrai contente.

SCENE IV.

ALADIN, ISMEN, SOPHRONIE, GARDES.

ALADIN.

MADAME, quelle eſt donc cette affaire importante
Qu'on ne peut découvrir & confier qu'à moi ?
Iſmen eſt le Miniſtre & l'ami de ſon Roi.
Dès longtemps je connois, j'éprouve ſa prudence ;
Et vous pouvez parler ſans crainte en ſa préſence.

SOPHRONIE.

Seigneur, je ſuis Chrétienne ; hélas ! puiſſe à vos yeux
Ce titre vénérable être moins odieux !
Je viens vous épargner une affreuſe injuſtice ;
Peut-on jamais aux Rois rendre un plus grand ſervice ?
Les plus juſtes, Seigneur, ſont trop ſouvent ſurpris.
J'oſe vous implorer pour des ſujets proſcrits.
Parmi tous les Chrétiens, ſi quelque téméraire,
En trompant vos deſſeins, avoit pû vous déplaire ;
Pour la faute d'un ſeul faut-il les punir tous ?
Non, non ; que l'équité régle votre courroux ;
Si pour le ſatisfaire il faut une victime,
Frappez, j'offre à vos coups l'unique auteur du crime ;
Si c'eſt un crime au moins, moi ſeule je l'ai fait,
Epargnez les Chrétiens, puniſſez mon forfait.
Si de votre Moſquée on a ravi l'image,
Cet heureux attentat de moi ſeule eſt l'ouvrage ;
La main du Tout-Puiſſant a béni mon projet.

Du respect des Chrétiens cette image est l'objet.
Pourquoi de nos Autels l'avez-vous arrachée ?
Votre loi vous défend d'en parer la Mosquée.
J'ai voulu prévenir la profanation,
Et ce genre nouveau de superstition.

ISMEN.

C'est ainsi des Chrétiens que l'on forme l'enfance;
Nourris dans la révolte, instruits à l'arrogance,
Dès l'âge le plus tendre ils élévent leurs voix
Pour condamner le culte & les mœurs de leurs Rois.

SOPHRONIE.

Ainsi donc l'imposture ose noircir le zèle
D'un peuple malheureux, mais docile & fidèle.
Connoissez mieux, Seigneur, les dogmes des chrétiens;
Nous devons à nos Rois notre sang & nos biens.
C'est un crime pour nous de ne pas nous soumettre
Au Prince que le Ciel nous a donné pour Maître.
Dans la paix, dans la guerre, un chrétien vertueux
Se venge de ses Rois en s'immolant pour eux.
Il ne sait recourir qu'aux prières, aux larmes;
Contre ses Souverains il n'a pas d'autres armes.
Par l'exemple des Saints à souffrir animé,
Il respecte la main dont il est opprimé.
Voilà, Seigneur, voilà ceux dont la calomnie
Poursuit avec fureur & l'honneur & la vie.
Souvent persécutés & toujours plus soumis,
On vous les peint, Seigneur, comme vos ennemis.
Vous croyez ne punir que des sujets rebelles :
Vous n'en aurez jamais qui vous soient plus fidelles.

ISMEN.

L'intérêt des Chrétiens est bien cher à vos yeux.
Vous êtes criminelle, & d'un peuple odieux

Vous ne ſongez encor qu'à prendre la défenſe.
Du Sultan pour vous-même implorez la clémence.
Verrez-vous ſans frayeur les tourmens & la mort?

SOPHRONIE.

Oui. L'on eſt ſans effroi quand on eſt ſans remord.
Impuiſſante ſans Dieu, je peux tout par ſa grace.

ISMEN.

Telle eſt de ces Chrétiens l'inſupportable audace.
Leur orgueil rougiroit de trop s'humilier.
Ce n'eſt qu'en menaçant qu'ils daignent ſupplier.

ALADIN.

Pourquoi l'effrayez-vous? J'ai pitié de ſon âge.
Ma fille, rendez-nous cette divine image.
J'ai beſoin de ſon aide & je veux l'implorer.
Nous ſavons mieux que vous comme il faut l'honorer.
Les Chrétiens ont-ils ſeuls cet heureux privilége?
Pourquoi la cachez-vous?

SOPHRONIE.

Un culte ſacrilége
Bien loin de l'honorer l'irrite contre vous;
Ce culte ne convient & n'eſt permis qu'à nous.
Il faut être Chrétien pour l'aimer & lui plaire.
En blaſphémant le fils vous implorez la mère.
Quand vous perſécutez ſes vrais adorateurs,
Hélas, vous flattez-vous d'attirer ſes faveurs!
Vous ne reverrez plus ſon image ſacrée.

ALADIN.

Qu'en avez-vous donc fait?

SOPHRONIE.

Le feu l'a dévorée.
De vos profanes mains ſi j'ai pu la ſauver,
Une ſeconde fois vous pouviez l'enlever.
Au Temple des Chrétiens je n'oſois pas la rendre;

C'étoit vous inviter à venir la reprendre.
Dans quelque azyle en vain j'aurois pû la cacher,
Des soldats furieux viendroient l'en arracher ;
Et l'on prostitueroit aux plus honteux mystères
De la religion les sacrés caractères.
Ah ! périsse plutôt ce précieux trésor !
Il n'est pas de Chrétien qui n'aime mieux encor
Voir son image auguste aux flammes condamnée,
Que par un culte impur la savoir profanée.

ALADIN.

C'est pousser votre zèle & l'audace trop loin.
De l'honneur de vos Dieux vous prenez trop de soin.
Jusques dans mon Palais, jusques dans ma Mosquée,
Verrai-je impunément ma puissance attaquée ?
Que vois-je... tu pâlis ?...

ISMEN.

Que ne puis-je mourir,
Puisque l'on m'a ravi l'espoir de vous servir !
On m'arrache, Seigneur, un triomphe facile ;
C'en est fait, & mon art vous devient inutile.
Je me fais, obéir par tous les élémens.
Telle étoit la vertu de mes enchantemens :
C'est en vain que l'Europe allumant son tonnerre,
Porte dans nos climats tous les feux de la guerre.
Elle a chargé la mer de ses nombreux vaisseaux.
Mon art commande aux vents & regne sur les eaux.
Par mes charmes puissants la tempête animée,
De vos fiers ennemis auroit détruit l'armée.
La Mer eût englouti les chefs & les soldats,
Mais ce crime nouveau, funeste à vos Etats...

SOPHRONIE.

Rougissez, rougissez d'une vile imposture.
Quoi ! vous qui commandez à toute la nature,

La perte d'une image arrêteroit vos coups !
Une fille chrétienne eſt plus forte que vous !
Cet Art ſi merveilleux, ſi fécond en miracles,
Ne pouvoit prévenir les plus légers obſtacles !
Le ſage Iſmen devoit mieux garder ſes Autels.

ISMEN.

Ainſi toujours l'erreur ſéduira les mortels !
Juſqu'à quand verrons-nous leur ſuperbe ignorance
Vouloir de l'Eternel régler la Providence ?
Inſenſés, dont l'orgueil aveugle & curieux
Voudroit interroger le ſouverain des cieux !
La vertu qu'il chérit aura ſa récompenſe :
Il punit, tôt ou tard, le crime qui l'offenſe.
Le reſte à ſes regards doit être indifférent ;
Rien ne paroit petit, rien ne s'appelle grand.
Dans un calme immobile, au-deſſus du tonnerre,
Sans troubler ſon repos il ébranle la terre.
Les plus puiſſants des Rois, que ſont-ils à ſes yeux ?
L'inſecte le plus vil eſt auſſi précieux.
Il ſe rend à la foi du juſte qui le prie ;
Il rejette le faſte & l'encens de l'impie.
Dans ſon humble cellule un Dervis proſterné
Fera trembler l'Enfer à ſa voix conſterné ;
Mais ſouvent le Très-Haut eſt jaloux de ſa gloire ;
Au plus frivole objet attachant la victoire,
Il veut nous faire voir qu'elle dépend de lui.
Oui, je le ſais, grand Dieu, ſans ton divin appui,
Le plus léger obſtacle & m'étonne & m'arrête ;
Ainſi, lorſque les vents amènent la tempête,
Quand la foudre ſe joint aux aquilons fougueux,
L'onde mugit au loin, le Ciel brille de feux.
De la Mer & des Vents qui ſuſpendra la rage ?
Elle vient ſe briſer aux ſables du rivage.

SOPHRONIE.

Simple dans ses discours, l'auguste vérité
N'emprunte pas, Seigneur, ce langage affecté.
Du fanatisme adroit redoutez l'imposture.

ISMEN.

Souffrirez-vous, Seigneur, cette nouvelle injure?
C'est ainsi devant vous que la rébellion
Outrage sans pudeur votre Religion.
Ah ! vengez votre gloire & l'honneur du Prophète.
L'erreur audacieuse ose lever la tête;
Apprenez aux Chrétiens que c'est un attentat
De ne pas honorer le culte de l'Etat.

ALADIN.

Je le vois; des Chrétiens l'insolence est extrême;
Je suivrai tes conseils, & je veux que toi-même
Tu sois auprès de moi l'arbitre de leur sort.

SCÈNE V.

ISMEN, SOPHRONIE.

SOPHRONIE.

EH bien, te voilà donc le maître de ma mort.
Je m'étois attendue à l'honneur du martyre.
C'est le but de mes vœux & la gloire où j'aspire.

ISMEN.

Ce zèle fastueux, cette ardeur de mourir,
A l'aspect des bourreaux pourra bien s'affoiblir.
Vous apprendrez bientôt le sort qu'on vous réserve.

Sans lui donner des fers qu'on la garde & l'obſerve.
Amis, veillez ſur elle & ne la quittez pas.

SOPHRONIE.

Allons, pour les Chrétiens la mort a des appas.
Le Dieu que nous ſervons ſoutiendra mon courage.

(*Les Gardes l'emmènent.*)

ISMEN, *ſeul.*

Protecteur des Croyans, couronne ton ouvrage.
Achève d'accabler les rivaux de ta Loi,
Je ne veux triompher qu'en combattant pour toi.

Fin du premier Acte.

ACTE II.

SCENE PREMIERE.

OLINDE, NABAL.

OLINDE.

Tu n'as pu rien ſavoir, tu n'as pu rien entendre ?
Dis-moi donc, cher Nabal, à quoi faut-il m'attendre?
Quel eſpoir, quel deſſein l'a conduite en ces lieux ?
Ah ! Je ne puis former que des ſoupçons affreux.
Ce jour même on l'a vue interdite, égarée,
Du Serrail en tremblant ſe permettre l'entrée.
Sa beauté, ſa jeuneſſe attiroient tous les yeux ;
Pour elle, dédaignant ces regards curieux,
De quelque grand projet toute entiere occupée,
D'une terreur ſecrette elle ſemble frappée.
Elle ne voit perſonne, elle n'écoute rien.
Elle approche du Trône ; après un entretien,
(Dont je n'ai pu percer le funeſte myſtère),
Aladin la retient au Serrail priſonnière.
Le reſte je l'ignore, & toi, Nabal, auſſi....
Plein de trouble & d'effroi j'accours d'abord ici ;
Que craindre? Qu'eſpérer ?...Fatale incertitude !
Toi qui connois mon cœur, vois mon inquiétude.

NABAL.

Je plains votre infortune & je ſais votre amour.
Mais quel eſpoir trompeur vous appelle à la Cour ?
Tout ici vous retrace une image funeſte.

OLINDE.

Qu'importe ? Le ſeul bien déſormais qui me reſte
C'eſt le plaiſir amer, c'eſt la triſte douceur
Que trouve un malheureux à nourrir ſa douleur.
Quitterai-je des lieux qu'habite Sophronie ?
Puis-je trouver ailleurs la paix qui m'eſt ravie ?
C'eſt ici que j'attens ou la vie ou la mort.
J'y dois être plutôt inſtruit de notre ſort.
On m'a dit qu'au Palais Iſmen devoit ſe rendre ;
Il faut que je lui parle, il peut au moins m'apprendre....

NABAL.

Vous, implorer Iſmen ! Qu'eſpérez-vous de lui ?
Le fléau des Chrétiens ſera-t-il votre appui ?
Le crédule Aladin, trompé par ſes preſtiges,
Croit que ſon Art impie enfante des prodiges.

OLINDE.

Dans l'ordre le plus bas & dans les plus hauts rangs,
Le merveilleux ſéduit & le peuple & les grands.
Mais Iſmen peut m'aider à ſauver Sophronie.
Qu'importent ſes forfaits ! Nabal, je les oublie.
Du culte des Chrétiens profane déſerteur,
Peut-être qu'en ſecret il connoit ſon erreur.
L'aveugle ambition fait ſeule tout ſon crime ;
Il pourſuit les Chrétiens que ſans doute il eſtime.
Tous ne ſont pas au moins au nombre des proſcrits.
On ſoupçonne aiſément la foi des favoris ;
Mais je veux croire encor qu'Iſmen eſt plus ſincère.
Je le ſais, il aimoit, il honoroit mon père.
Iſmen, après dix ans, auroit-il oublié

Du ſage Nourédin les ſoins & l'amitié?
Ce nom peut-il jamais ſortir de ſa mémoire ?
Iſmen, que nous voyons au faîte de la gloire
Où l'éléve aujourd'hui la faveur d'Aladin,
N'a pas toujours été ſi puiſſant & ſi vain.
Moi-même je l'ai vû malheureux & modeſte.

NABAL.

Cette fauſſe grandeur n'a qu'un éclat funeſte.
Ah! Que n'eſt-il encor ſans honneurs & ſans bien!
On le verroit toujours vertueux & chrétien.
Qui ne ſçait pas qu'Iſmen nâquit dans la miſère?

OLINDE.

Je ſais qu'il doit beaucoup aux bienfaits de mon père.
S'il exauce mes vœux, je lui devrai bien plus.
Je ne déſire pas des honneurs ſuperflus.
Sur le crédit d'Iſmen, ſur ſa reconnoiſſance
Je ne fonderai pas d'orgueilleuſe eſpérance.
Il ne m'a point encor vû ramper devant lui.
Que les Grands, proſternés, recherchent ſon appui;
De l'eſclave des Cours je n'ai pas la foibleſſe;
Je ne viens demander ni grandeur ni richeſſe.
Des faveurs du Sultan qu'il diſpoſe à ſon gré.
Le vrai bien pour mon cœur, à l'amour ſeul livré,
C'eſt l'honneur de ſervir la beauté que j'adore.
Hélas! je meurs pour elle, & l'ingrate l'ignore.
En vain depuis trois ans, à la ſuivre obſtiné,
L'amour me tient ſans ceſſe auprès d'elle enchaîné:
Tout doit lui découvrir le ſecret de ma flamme:
Dieu ſeul d'un ſaint amour remplit toute ſon ame.
Mes regards, mes ſoupirs & mes ſoins aſſidus,
Tous mes efforts enfin ſont des travaux perdus.
Le ſeul nom de l'amour l'irrite & l'effarouche;
Jamais ce nom fatal n'eſt ſorti de ſa bouche:

L'amant audacieux qui l'auroit prononcé,
Sans espoir de fléchir son esprit offensé,
Se verroit pour jamais banni de sa présence.

NABAL.

Se peut-il que des feux étouffés en silence,
Renfermés si longtems au fond de votre cœur,
Pour l'enflammer ainsi conservent tant d'ardeur!
L'amour s'éteint bientôt si l'espoir ne l'excite.
Je plains votre foiblesse & son orgueil m'irrite.
Cette fière beauté que rien ne peut toucher,
Par des liens si forts vous doit-elle attacher?
Le mépris....

OLINDE.

Arrêtez: attaquer ce que j'aime,
Des plus sensibles coups c'est me percer moi-même.
J'adore Sophronie, elle est ingrate hélas!
Mais, malgré ses rigueurs, a-t-elle moins d'appas?
Si tu pouvois savoir à quel point je l'adore!
Si tes yeux pouvoient voir l'amour qui me dévore!
Tel qu'un feu concentré, plus ardent & plus vif,
Embrase la prison qui le retient captif,
Ainsi la violence & l'excès de ma flamme
Consument en secret les ressorts de mon ame.
Est-ce aux indifférens à parler de l'amour?
Peut-être comme moi tu sauras quelque jour...
Ah! doit-on désirer ou craindre de connoître
Ce qu'il peut sur un cœur dont il s'est rendu maître!
L'amour n'est pas toujours entouré de plaisirs.
Il se nourrit souvent de pleurs & de soupirs:
Il croît dans les périls que ses rigueurs excitent,
Et sans le rebuter les obstacles l'irritent:
Il peut tout surmonter par ses puissans efforts,
Et le désespoir même augmente ses transports.

L'amour est foible encor, c'est un amour vulgaire,
Quand pour l'entretenir l'espoir est nécessaire ;
Mais, seul & sans retour, de ses feux consumé,
Aimer sans se flatter du bonheur d'être aimé,
Voilà, Nabal, voilà, quand l'amour est extrême ;
Comme l'on doit aimer, & c'est ainsi que j'aime.

NABAL.

Quelqu'un vient : c'est Ismen.

SCENE II.

ISMEN, *passant pour aller chercher le Sultan*; OLINDE, NABAL,

OLINDE.

SOUFFREZ qu'un malheureux
Ose aujourd'hui, Seigneur, se montrer à vos yeux.
Le fils de Nourédin vous est-il cher encore ?
Ce n'est pas pour lui seul qu'Olinde vous implore...

ISMEN.

Je ne vous connois pas ; le Roi m'attend : adieu.
(*en s'en allant.*)
Je reviendrai bientôt avec lui dans ce lieu.

NABAL.

A vos justes desirs un accueil si contraire
De la faveur des Grands est l'effet ordinaire.
C'est l'esprit de la Cour ; le pouvoir, les honneurs,
Changent les sentimens & corrompent les mœurs.
Ne vous étonnez pas qu'un traître vous oublie,
Quand il trahit son Dieu, ses frères, sa patrie.

Courtisan, favori, riche, heureux, apostat,
Que de titres divers pour n'être qu'un ingrat!

OLINDE.

Il ne me connoit plus! Si dans la nuit profonde
Mon père voit encor les crimes de ce monde,
Ses mânes indignés contre un perfide ami,
En sachant mon injure ont justement frémi.
Ah! si dans mon transport j'avois purgé la terre
D'un monstre qu'à regret épargne le tonnerre....
Oui, je devois donner cet exemple aux ingrats.
La honte & la surprise ont retenu mon bras.

NABAL.

Montrez des sentimens dignes d'un grand courage.
Méprisez un ami dont l'orgueil vous outrage.
Oubliez une amante insensible à vos feux.
Renonçons pour toujours à ces funestes lieux.
Venez.

OLINDE.

Ah! penses-tu que je vivrois encore
S'il falloit renoncer à celle que j'adore!
Demeurons: c'est ici qu'Aladin chaque jour,
Accompagné d'Ismen & des Grands de sa Cour,
Se montre à ses sujets pour dissiper leurs craintes,
Terminer leurs débats & recevoir leurs plaintes.
Je veux aux pieds du Trône exposer mes malheurs.
Peut être qu'Aladin touché de mes douleurs....
Mais dut-il s'offenser & punir mon audace,
Je vois sans m'effrayer la mort qui me menace.
Cesse de t'opposer à mon juste transport,
Mais ce n'est pas à toi de partager mon sort.
Dans la foule caché, quand le Roi va paroitre;
Tu peux tout observer, sans te faire connoître.

Demeure aux derniers rangs, je m'avance aux premiers :
J'entens déja le son des instrumens guerriers.
De mille cris divers les voutes retentissent.
De peuple & de soldats tous ces lieux se remplissent :
Ce brillant appareil frappe toujours les yeux.
D'où me vient cet effroi? Les Rois sont-ils des Dieux,
Qui jusques sur notre ame étendent leurs conquêtes ?
Le Ciel qui les éléve au-dessus de nos têtes,
N'a-t-il fait les humains que pour leur obéir !
Sont-ils nés pour regner comme nous pour servir ?
Soit foiblesse ou raison, la Majesté du Trône
M'éblouit malgré moi, m'interdit & m'étonne.

SCENE III.

Le fond du Théâtre s'ouvre en partie ; le Sultan paroît sur son Trône accompagné de sa Cour ; des Gardes & des gens du peuple qui viennent à l'audience du Sultan remplissent les deux côtés du Théâtre.

ALADIN, ISMEN, OMAR, OLINDE ;
NABAL, *retiré dans un des côtés du Théâtre.*
PEUPLE, GARDES.

OLINDE.

SEIGNEUR, un malheureux, prosterné devant vous,
Obtiendra-t-il la mort qu'il demande à genoux ?
J'offre à votre justice & mon sang & ma vie,

Mais épargnez, Seigneur, les jours de Sophronie:
Prisonnière en ces lieux, de quoi l'accuse-t-on?...

ALADIN.

Qu'entends-je? Sophronie... Ismen... Oui c'est le nom
De la jeune Chrétienne à vos soins confiée.
(à Olinde.)
Plaise à Dieu qu'elle puisse être justifiée!
Hélas! j'aime bien mieux pardonner que punir:
Mais je crains que séduit, facile à prévenir,
Jeune présomptueux, ton esprit ne s'abuse.
Sais-tu bien de quel crime elle-même s'accuse.
Il n'est point de tourment qu'elle n'ait mérité.
D'un lieu terrible & saint bravant la majesté,
La perfide a ravi l'image révérée,
Aux mystères secrets par Ismen consacrée.

OLINDE.

On vous trompe, Seigneur, pourrez-vous consentir?...

ALADIN.

Je te l'ai déja dit: loin de se repentir,
Dans le fougueux transport qui l'aveugle & l'anime;
Sophronie ose encor se vanter de son crime.

OLINDE.

Les discours d'un enfant ont-ils dû vous tromper?
De ce funeste honneur qu'elle veut usurper,
D'un effort si hardi, son âge est incapable.
Je viens vous découvrir le seul & vrai coupable:
C'est par moi qu'en vos mains il doit être remis.
Le reste des Chrétiens à vos loix est soumis.
Sauvez les innocens; mais sur-tout Sophronie,
Pour un crime étranger doit-elle être punie?
L'excès d'un zèle ardent qui lui fait tout oser,
Sans crainte & sans égard la porte à s'accuser.

Sa

Sa jeuneſſe imprudente excuſe ſon audace.
Pour prix de mon ſecret, je demande ſa grace.

ALADIN.

Qu'on la faſſe venir.... Quel myſtère d'horreur !
Si je puis épargner l'imprudence & l'erreur,
Le crime audacieux n'a point de privilège.
Malheur au vrai coupable, au brigand ſacrilège
Qui dans le Temple ſaint oſant porter ſes pas,
De l'ombre des autels couvrit ſes attentats.

SCÈNE IV.

ALADIN, ISMEN, OMAR, OLINDE, SOPHRONIE, PEUPLE, GARDES.

Olinde eſt placé de façon qu'il n'eſt pas vû de Sophronie.

OLINDE, *à part.*

O Ciel, protège-nous !

ALADIN.

Approchez, Sophronie.
Quel orgueil inſenſé, quel fanatiſme impie
Vous faiſoit fauſſement vous vanter à mes yeux
Du crime le plus noir & le plus odieux ?
Quel plaiſir trouvez-vous à périr pour un autre ?

SOPHRONIE.

J'ai rempli mon devoir : Sultan, faites le vôtre.
Soyez juſte, voilà votre première loi.
Pardonnez aux Chrétiens, ne puniſſez que moi.

Oui, seule j'ai tout fait sans témoin, sans complice.
Seule je dois périr, & je m'offre au supplice.

OLINDE.

Qu'on ne l'ecoute pas ; Sultan, souffriras-tu
Qu'on trompe ta vengeance ainsi que ta vertu ?
J'ai promis de parler ; il est tems que je livre
Le seul que ta justice ait encore à poursuivre.

ALADIN.

Eh bien! dis-moi sur qui doit tomber mon courroux.
Nomme sans différer le coupable....

OLINDE.

Moi.

ALADIN.

Vous ?

OLINDE.

Oui, n'accuse que moi ; c'est moi seul dont l'audace
N'apporte point d'excuse, & n'attend point de grace.
Tu n'as pas respecté le Temple des Chrétiens.
Je venge nos Autels en profanant les tiens.
La nuit à mes desseins prêtant son voile sombre,
Favorisoit mes pas, les couvroit de son ombre.
Je connois de ces lieux les plus secrets détours ;
C'est ici que j'ai vû passer mes premiers jours.
Ah, Seigneur, c'est ici que Nourédin mon père,
En servant près de vous, a fini sa carrière.
Ismen doit le savoir, qui, protégé par lui,
S'il a votre faveur, la doit à son appui.

ALADIN.

Nourédin m'étoit cher ; d'un serviteur fidèle
Je n'ai pas oublié les vertus & le zèle.
O fils de Nourédin, tu ne l'imites pas.
Parle, quelle fureur, perfide, armoit ton bras
Contre moi, contre Dieu, ses Autels & son Temple ?

OLINDE.

Qu'ai-je donc fait, Sultan, que ſuivre ton exemple ?
N'as-tu pas le premier inſulté nos Autels ?
Cette image, l'objet de nos vœux ſolemnels,
Jamais par les Chrétiens ſans ſuccès invoquée,
Devoit-elle à nos yeux décorer ta Moſquée ?
De la Reine des Cieux adorateur jaloux,
J'ai dû reprendre un bien qui n'appartient qu'à nous ;
Seuls dignes d'en jouir, dignes de le connoître.
Le Temple étoit fermé ; mais pour m'en rendre maître
J'oſe tout affronter ; je franchis ſans effroi
Les barrières, les murs qui s'oppoſoient à moi.
Par un chemin nouveau je me fais un paſſage,
Et ma main ſur l'Autel ſaiſit enfin l'image.
Vous donc qui vous flattiez de ſurprendre le Roi ;
Et de ravir le prix qui n'étoit dû qu'à moi,
Dites par quels moyens, dites par quels miracles
Seule vous avez pû ſurmonter tant d'obſtacles,
Ou, ſans vous obſtiner contre la vérité,
Laiſſez-moi tout l'honneur que j'ai ſeul mérité.

SOPHRONIE.

C'eſt vous qui raviſſez mon triomphe & ma gloire.
Mais quelle eſt votre erreur ? Vous avez donc pû croire
Que l'amour de la vie & la peur de mourir,
A vos lâches deſſeins me feroient conſentir ?
Je ſuis foible, ſans doute, & ma foibleſſe même
Fera mieux éclater la puiſſance ſuprême
De ce Dieu bienfaiſant, votre eſpoir & le mien.
Avec lui je peux tout, ſans lui je ne peux rien.
J'ai bravé les périls, j'ai franchi les obſtacles.
Le Dieu que nous ſervons eſt le Dieu des miracles.

C'eſt le maître des Rois, le Dieu puiſſant & fort;
Et ne craignant que lui, je ne crains pas la mort.

ALADIN.

Chrétiens audacieux, race ingrate & perfide,
Vous affectez en vain ce courage intrépide.
Vous croyez me braver; il faut combler vos vœux;
Vous le voulez : eh bien, périſſez donc tous deux.
La pitié dans mon cœur doit céder à la haine.
Dans un ſombre cachot, Gardes, qu'on les enchaîne.

ISMEN.

Seigneur, que Dieu lui-même arme enfin votre bras:
Détruiſez les Chrétiens, & ſauvez vos Etats.

Fin du ſecond Acte.

ACTE III.

SCENE PREMIERE.

ALADIN, ISMEN, OMAR.

ALADIN.

O Vous qui près de moi veillant autour du Trône,
M'aidez à ſoutenir le poids de la couronne;
O vous, mes vrais amis, c'eſt dans ces triſtes jours
Que j'ai ſur tout beſoin de force & de ſecours.
J'ai mon ſceptre à défendre, & ma gloire & ma vie.
L'Europe, de brigands vient d'inonder l'Aſie;
Ils portent dans tous lieux le carnage & l'horreur.
Tous leurs pas ſont marqués par des traits de fureur.
Bientôt près de nos murs nous verrons leur armée.
Ce qui comble l'effroi de mon ame allarmée,
Ce qui ſurtout m'oblige à prendre vos avis,
C'eſt de voir dans mon ſein mes plus grands ennemis;
De traitres, de Chrétiens cette ville eſt remplie;
Je crains tout de leur rage & de leur perfidie.
C'eſt à vous d'éclairer, de régler mon courroux.
Ainſi, près de porter les plus terribles coups,
Pour la dernière fois j'ai voulu vous entendre.

ISMEN.

Quoi ! vous délibérez ! eh qu'osez vous attendre ?
Frappez, Seigneur, frappez, ménagez les instans ;
Peut-être que bientôt il ne seroit plus temps.
Lorsque des étrangers les nombreuses cohortes,
Assiégeant nos remparts, menaceront nos portes ;
Vous verrez les Chrétiens soulevés, furieux,
Briser avec audace un joug trop dur pour eux.
Vous en avez trop fait pour qu'ils restent fidelles ;
Des sujets mécontens seront bientôt rebelles.
Pourquoi dissimuler ? Il n'est pas de Chrétien
Qui dans les maux publics ne contemple son bien.
Aladin n'est, dit-il, qu'un tyran qu'il abhorre ;
Bouillon est le sauveur qu'en secret il implore.
Le plus juste des Rois, s'il attaque l'erreur,
A ses yeux fascinés n'est plus qu'un oppresseur...
Qui pense plaire à Dieu, même en devenant traître,
S'il ne l'est pas encor, ne tarde pas à l'être.
Qui se croit opprimé n'est pas longtems soumis.
Au dedans, au dehors, entouré d'ennemis,
Que pourriez-vous, Seigneur, contre de tels obstacles ?
Mahomet est pour nous : Dieu nous doit des miracles.
Mais ne nous flattons pas : qu'avons-nous mérité ?
Qui ménage l'erreur, trahit la vérité.
Les ennemis de Dieu ne sont-ils pas les nôtres ?
Proscrivez donc les siens, il détruira les vôtres.
Nous faisons retentir les Temples de nos cris ;
Ce ne sont point des pleurs, c'est le sang des proscrits
Que demande le ciel irrité de leurs crimes.
Frappez, que les Chrétiens nous servent de victimes :
Que l'œil du Tout-Puissant, qui lit dans tous les cœurs,

Parmi ſes vrais enfans & ſes adorateurs,
Ne trouve plus mêlé d'ennemi de ſa gloire :
J'oſe au nom du Prophète annoncer la victoire.
Puiſſé-je voir, Seigneur, ſous une même loi,
Tous vos ſujets unis comme ſous un ſeul Roi.
Puiſſé-je voir tomber l'infidèle & l'impie,
Et puiſſe être ce jour le dernier de ma vie.

OMAR.

Je ne puis admirer ce zèle deſtructeur.
Eſt-ce par les tourmens, eſt-ce par la fureur
Qu'un Dieu clément & doux commande qu'on l'honnore ?
Quel eſt ce noir Démon qu'Iſmen veut qu'on adore ?
Eſt-ce un tigre altéré de carnage & de ſang ?
Faut-il pour l'appaiſer qu'on ſe perce le flanc ?
Non, Dieu n'attend de nous qu'un volontaire hommage ;
Et tout culte forcé lui déplait & l'outrage.
Par nos ſages diſcours, encor plus par nos mœurs,
Entrainons les eſprits, ſur-tout gagnons les cœurs.
Tous les concitoyens, tous les hommes ſont frères ;
Pleurons ſur leurs écarts, & plaignons leurs miſères.
Il faut les avertir, il faut les éclairer.
En les perſécutant croit-on les attirer ?
Les Chrétiens penſent mal : au lieu de les inſtruire,
La haine & le faux zèle aiment mieux les détruire.
Ah ! Seigneur, déteſtez ces barbares projets.
Les malheureux Chrétiens ſont auſſi vos ſujets.
De tous également n'êtes-vous pas le père ?
En démentirez-vous l'auguſte caractère ?
Non, Seigneur, votre cœur eſt noble & généreux ;
Souffrez qu'à vos genoux j'oſe parler pour eux :
Je connois des Chrétiens les abſurdes chimères ;

Je ſuis loin d'adopter leurs profanes myſtères.
Vous ne ſoupçonnez point ma vertu ni ma foi ;
Le bien de la patrie & l'honneur de mon Roi
Sont les ſeuls intérêts que je puiſſe connoître.
Périſſe mille fois le perfide & le traitre,
Qui, forcé de parler dans le conſeil des Rois,
Pour le foible opprimé n'oſe élever ſa voix !

ALADIN.

Avec la même ardeur, avec le même zèle,
Chacun de vous me parle en miniſtre fidèle.
Omar dans les Chrétiens ne voit que mes ſujets ;
Iſmen y voit de plus mes ennemis ſecrets.
Dévoués l'un & l'autre au bien de mon ſervice,
Vous aimez la clémence, & cherchez la juſtice.
Iſmen, de ces Chrétiens je penſe comme toi,
Qui ſert mal notre Dieu, ne ſert pas bien ſon Roi.
Mais enfin ſi le ciel, qu'outrage leur folie,
Leur laiſſe par pitié la lumière & la vie ;
C'eſt à nous de ſouffrir ceux qu'il veut ménager.
Nous l'offenſons peut-être en voulant le venger.
Ainſi, que les Chrétiens banniſſent leurs alarmes ;
Qu'ils vivent : il ſuffit de leur ôter les armes.
Il faut les obſerver, il faut veiller ſur eux.
Des ennemis cachés en ſont plus dangereux :
Contre leurs attentats ne ceſſons d'être en garde.
Omar, c'eſt toi, ſur tout, que cet emploi regarde.
Tu me répondras d'eux, puiſqu'enfin tes avis
Sont, contre mes ſoupçons, les ſeuls que j'ai ſuivis.
J'excepte ſeulement de la commune grace
Les deux jeunes captifs dont la rebelle audace
Oſe encor ſe vanter d'un ſacrilège affreux.
La pitié vainement me parleroit pour eux.
A nos ſacrés Autels, profanés par leur crime,

Je ne peux refuser cette double victime.
Leur sang me tiendra lieu de tout le sang chrétien :
Ils mourront.... Cependant il leur reste un moyen
D'échapper au péril qui tous deux les menace ;
Il est peu de forfaits qu'un repentir n'efface.
Je puis tout pardonner à de vrais Musulmans :
Puissent-ils renoncer à leurs égaremens !
Qu'ils embrassent mon culte, & la main du Prophète
Du plus grand des périls garantira leur tête.
Qu'ils ne regrettent pas les erreurs des Chrétiens.
Je les accablerai de faveurs & de biens.
(*aux Gardes.*)
Qu'on les fasse venir ; Omar, c'est vous encore
De ce nouvel emploi que votre maître honore.

SCENE II.

OMAR, *seul.*

Que ne ferois-je pas pour les sauver tous deux ?
C'est l'unique plaisir que je goûte en ces lieux.
Accablé sous le poids de mes brillantes chaînes,
Chargé de vains honneurs & de cruelles peines,
Mon destin qu'on envie est pour moi trop affreux
Si je ne puis au moins servir les malheureux.
Je les vois : mon aspect les trouble & les étonne :
Peut-être qu'en secret leur crainte me soupçonne.

SCENE III.

OMAR, SOPHRONIE, OLINDE.

OMAR.

Approchez, mes enfans: banniſſez de vos cœurs
Des ſoupçons offenſans & d'injuſtes frayeurs.
Vous ſervir, vous ſauver, eſt ce que je deſire.
Secondez tous les deux la pitié qui m'inſpire.
Du ſort qui vous pourſuit ſi j'arrête les coups,
Je ſerai plus content & plus heureux que vous.
Ne redoutez encore aucun arrêt ſiniſtre.
Je vous offre la paix; trop heureux le Miniſtre
Qui, contraint d'obéir aux ordres de ſon Roi,
Peut dans ce rang illuſtre & ce pénible emploi,
D'un Prince bienfaiſant annoncer la clémence!

OLINDE.

Dans cet affreux Serrail, funeſte à l'innocence,
Le juſte qu'on opprime a-t-il des protecteurs?

OMAR.

Oui, par-tout la vertu trouve des ſectateurs.
Je vous plains, mes enfans; l'erreur qui vous abuſe,
En cauſant vos malheurs, fait auſſi votre excuſe.
Avec tant de courage on n'eſt pas ſans vertu;
Mais votre zèle enfin n'a que trop combattu.
Il faut céder, il faut mériter votre grace;
Le Sultan, que tantôt irritoit votre audace,
D'une jeuneſſe ardente excuſant les erreurs,
Vous permet de prétendre à ſes juſtes faveurs.
Vous outragez ſes loix, & ce mépris l'offenſe.
D'un tranſport téméraire avouez l'imprudence;
Confeſſez votre crime, & tout eſt oublié.

SOPHRONIE.

Quel crime ! quelle erreur ! quelle fauſſe pitié !
En feignant de nous plaindre on cherche à nous ſéduire ;
Je vois le piège affreux où l'on veut nous conduire.
Le Trône du Sultan ne me tenteroit pas.
De ces viles grandeurs je ne fais point de cas.
Que m'importent les biens dont votre Cour abonde?
C'eſt du maître des Rois, c'eſt du maître du monde
Que j'attens le ſeul prix qui peut flatter mon cœur ;
Mais c'eſt par les tourmens qu'on arrive au bonheur.
C'eſt la mort qui conduit à l'éternelle vie.
Si donc vous écoutez les vœux de Sophronie,
Au courroux du Sultan loin de vous oppoſer,
Il faut le ſatiſfaire au lieu de l'appaiſer.

OMAR.

Ainſi dans ſon eſſor moins ſublime qu'extrême,
Le fougueux fanatiſme outre la vertu même.
Au deſſus des revers, le Sage, ſans effort,
Peut refuſer un Trône ou mépriſer la mort.
Mais d'un Roi bienfaiſant inſulter la clémence,
Dédaigner ſes bontés & braver ſa vengeance :
C'eſt paroître inſenſible & non pas généreux,
Ne chercher dans la mort qu'un ſupplice honteux ;
Et ſe faire un honneur d'aimer l'ignominie,
Ne vouloir que périr ſans ſervir ſa patrie,
Que s'immoler ſans gloire & ſans néceſſité :
Ce n'eſt pas d'un grand cœur la noble fermeté ;
C'eſt moins une vertu qu'une aveugle furie,
Un inſenſé délire, un fanatiſme impie.

SOPHRONIE.

Je chéris, je reſpecte & l'Etat & mon Roi ;
Mais ma religion eſt ma première loi.
Que me reprochez-vous, Seigneur? Oſez-vous croire

Qu'en mourant pour mon Dieu je périsse sans gloire?
Des honneurs, des plaisirs si je fais peu de cas,
Si l'éclat des grandeurs ne m'en impose pas,
Je sais qu'aux yeux séduits d'une fausse sagesse
La vertu trop austére est folie ou foiblesse.
Mais quel est cet orgueil profane & criminel?
Qu'il est vain, qu'il est vil aux yeux de l'Eternel!
Pour jamais je t'abjure, ô sagesse insensée,
Tu ne souilleras point mon cœur ni ma pensée.
Le vrai Dieu que j'adore est mort sur une croix;
J'en préfére l'opprobre à la pompe des Rois.

OMAR *à Olinde.*

Vous, sur qui la raison doit avoir plus d'empire,
Ne rougirez-vous pas de ce honteux délire?
Aux bienfaits du Sultan, mon fils, préférez-vous
Le fanatique honneur de braver son courroux?
Croyez, si vous pouvez, vos absurdes mystères.
Mais, sans vous immoler à de tristes chimères,
N'allez pas affronter les rigueurs du trépas,
Pour des dogmes obscurs que vous n'entendez pas.

OLINDE.

Chrétiens depuis long-tems, dan la même croyance
Les auteurs de mes jours ont nourri mon enfance:
Et, sans autre examen, je crois ce qu'ils ont crû.
De nos dogmes obscurs mon esprit confondu
En révère avec foi les ténèbres augustes.
Dieu parle, nous dit-on, ses loix sont toujours justes.
Ce n'est pas que peut-être on ne doive admirer
Celui que la raison guide sans l'égarer,
Qui, digne de trouver la vérité qu'il aime
Pour la connoître mieux, veut la chercher lui-même,
Et qui pour croire, enfin veut être convaincu.
Pour moi je veux mourir ainsi que j'ai vêcu.
Soumettre à ma raison le culte de mes pères,

C'est présumer beaucoup de mes foibles lumières.
Cet examen pénible est au-dessus de moi.
Peu d'hommes sans péril peuvent changer leur foi.
Quand on connoît l'erreur, heureux qui l'abandonne!
Mais malheur au perfide, au traître qu'on soupçonne
D'avoir pû, subjugué par un motif secret,
Abandonner son Dieu pour un vil intérêt!
Je ne suis qu'un pécheur & je sens ma misère,
O mon Dieu! Mais jamais ne souffre en ta colère
Que, nourri dans ta foi, par un lâche attentat,
Je mérite l'opprobre & le nom d'apostat.

OMAR.

Je n'ose ni louer ni blâmer ce courage;
Mais je vois les périls auxquels il vous engage.
Ah! puisse le Sultan penser ainsi que moi!
Tout homme seroit libre, & maître de sa foi.
Je vais le voir encore, implorer sa justice,
Et tâcher à nos vœux de le rendre propice.
Demeurez cependant en la garde d'Emir.
Je vous quitte à regret, mais c'est pour vous servir.

SCENE IV.

OLINDE, SOPHRONIE, EMIR,
Gardes dans l'enfoncement.

OLINDE.

EN vain dans nos malheurs sa bonté nous rassure:
Je redoute les traits que lance l'imposture.
La vertu, qui toujours trouve tant d'ennemis,
N'a sur tout dans les Cours que de foibles amis.
La Vérité se tait, ou se voit dédaignée,

Le Mensonge, aiguisant sa langue empoisonnée;
Fait retentir ses cris à l'oreille des Rois.
Le Sage pourroit-il faire entendre sa voix?

SOPHRONIE.

Eh bien! que craignez-vous, homme foible & timide?
A son gré, de mon sort que le Sultan décide;
Qu'il s'arme pour venger l'honneur de ses Autels;
Qu'il tourne contre moi ses traits les plus cruels:
Qu'importe, j'aime mieux son courroux que ses graces;
Je redoute bien plus ses dons que ses menaces.
Mais toi, qui sens déja chanceler ta vertu,
Si tu crains le combat, pour quoi le cherches-tu?
La mort seule est ici le prix de la victoire;
La mort seule est ici la route de la gloire.
Va, fuis & laisse-moi braver seule un danger
Que tu n'es pas encor digne de partager.

OLINDE.

Vous pouvez m'accabler, vous pouvez me confondre;
Mon cœur est trop ému pour oser vous répondre;
Je ne songe pas même à me justifier:
Si pourtant notre sort a de quoi m'effrayer,
Si vous me soupçonnez de foiblesse ou de crainte,
Si j'ai laissé, Madame, échapper quelque plainte;
Le Dieu que nous servons, ce Dieu qui voit mon cœur,
Sait trop quel est, hélas! l'objet de ma terreur.
Ah! que ce fier Sultan, déployant sa furie,
Arme contre moi seul toute sa barbarie.
Que ne puis-je être, hélas, seul en butte à ses coups!
On ne me verroit pas, pour fléchir son courroux,
D'un Monarque superbe implorer l'indulgence:

Avec quel froid dédain j'attendrois sa vengeance!
S'il suffit d'affronter les périls & la mort;
S'il suffit de braver les méchans & le sort;
Si l'audace intrépide & l'orgueil magnanime
Sont les seules vertus dignes de votre estime,
Je sais mourir, Madame; & qui doit mieux que moi
Voir un tyran sans trouble & la mort sans effroi?
Qui connoît mieux que moi le néant de la vie?
J'ai souffert ... j'ai vêcu ... ma carriére est remplie.
Aux larmes, aux soupirs, sans espoir condamné ...
La douleur, qui flétrit mon cœur infortuné,
A toute autre douleur le rend inaccessible.
Plus cruel qu'Aladin, mille fois plus terrible,
Un tyran m'asservit, m'accable de ses traits.
Le bonheur loin de moi s'est enfui pour jamais.
Dans l'état où je suis la mort est une grace.
Dois-je craindre pour moi le sort qui vous menace?
L'esclave malheureux dont on brise les fers,
Pourroit-il regretter les maux qu'il a soufferts!

SOPHRONIE.

Seigneur, je conçois mal cette douleur profonde:
Vous invoquez la mort, vous détestez le monde.
Je sais qu'aux yeux du Sage, & sur tout du Chrétien,
L'univers, les grandeurs, les plaisirs ne sont rien.
Sans regret, sans murmure il renonce à la vie.
La terre est un exil, le Ciel est sa patrie.
Son esprit immortel fuit tout autre bonheur.
Le Dieu qui l'a créé peut seul remplir son cœur.
Si sa grace l'appelle à l'honneur du martyre,
Loin de craindre la mort, il faut qu'il la desire.
La vie est un dépôt que Dieu nous a remis.
Fidéles à ses loix, à ses ordres soumis,
Nous devons à son gré le garder ou le rendre,

Pour honorer son culte ou bien pour le défendre ;
Trop heureux le Chrétien qui sait vivre & souffrir !
Heureux sur tout qui peut & souffrir & mourir !
Mais l'esclave, courbé sous le poids de ses chaînes ;
Le malheureux qui souffre & gémit de ses peines,
Est-il si généreux en se plaignant du sort,
Quand, pour finir ses maux, il invoque la mort ?
D'une aveugle fureur Dieu rejette l'hommage :
Le désespoir farouche est bien loin du courage.
Lâche ; traîne tes fers sans en être abattu,
Et ne t'applaudis pas d'une fausse vertu.
Le foible dans la mort croit trouver un refuge ;
Insensé, tremble, hélas ! en pensant à ton juge.
C'est pour le juste seul que la mort est un bien.
Oses-tu desirer ce prix du vrai Chrétien ?
Pour chercher le martyre, il faut en être digne ;
Méritons-nous, Seigneur, cette faveur insigne ?

SCENE V.

EMIR, OLINDE, SOPHRONIE.

EMIR.

CHRÉTIENS infortunés, venez & suivez-moi.
Je m'acquitte à regret d'un rigoureux emploi ....
Votre félicité de vous alloit dépendre :
Vos fers étoient brisés ; mais il faut les reprendre.

SOPHRONIE.

Soutiens moi, Dieu Puissant, & je vole à la mort.

OLINDE.

Sauve-la, Dieu clément, & je brave le Sort.

Fin du troisieme Acte.

ACTE

ACTE IV.

SCENE PREMIERE.

ISMEN, NADIR.

ISMEN.

Qui l'auroit crû, Nadir, que jamais des Chrétiens
Iſmen dût travailler à briſer les liens?
De ces infortunés, dont l'audace & le crime
Répandent le ſcandale & l'effroi dans Solime,
L'attentat ſacrilège alloit être puni.
C'eſt moi ſeul qui détourne & retiens juſqu'ici
Le glaive de la mort ſuſpendu ſur leur tête.

NADIR.

Vous m'étonnez, Seigneur; quel motif vous arrête?
D'un changement ſi prompt quel eſt donc le ſujet?

ISMEN.

Je change de langage & non pas de projet.
Il faut qu'un zèle ardent, ſans être fanatique,
Pour l'emporter ſur tout, cède à la politique.
Tout Chrétien me déteſte, & je hais les Chrétiens;
Comme les ennemis de mon culte & les miens.

Mais je n'immole pas aux transports de ma haine
Un intérêt plus cher, une gloire moins vaine.
Les desirs du Sultan sont ma suprême loi.
Le devoir d'un sujet est de plaire à son Roi.

NADIR.

Mais l'ami des Chrétiens au Sultan peut-il plaire ?
A toute secte impie Aladin si contraire,
Devenu tout-à-coup favorable à l'erreur,
Voudroit-il des méchans être le protecteur ?

ISMEN.

Aux vertus du Sultan rendez plus de justice.
Ah ! qu'osez-vous penser ? Non ; que le Ciel propice
Du plus affreux des maux garantisse mon Roi !
Toujours ferme en sa haine & constant dans sa foi,
Avec la même ardeur, avec le même zèle,
Il protège les droits de son peuple fidèle.
Avec la même force, avec la même horreur,
Il poursuit, il combat, il déteste l'erreur.
Son ame cependant, généreuse & sensible,
A la tendre pitié n'est pas inaccessible.
Le mensonge a ses Dieux, l'erreur a ses martirs.
De ces jeunes Chrétiens, qui sans pleurs, sans soupirs,
Paroissent inviter la mort qui les menace,
Le courage intrépide, & même cette audace
Que l'espoir, que l'effroi ne sauroient ébranler,
Que rien ne peut fléchir, que rien ne peut troubler,
Que sais-je enfin, Nadir, tout ce faux héroïsme
Qu'affecte ou que produit l'orgueil du fanatisme,
Touche, émeut, attendrit le grand cœur d'Aladin :
Il condamne d'abord ; mais il admire enfin.
Tels sont de la vertu le charme & la puissance :
On se laisse entraîner par sa seule apparence.
Cependant il résiste au piège séducteur.

La Foi, qui soumet tout, triomphe de son cœur.
Il faut venger le Ciel; il faut punir le crime,
Le Prophète outragé demande une victime.
Enfin le trait fatal alloit être porté.

NADIR.

C'est vous, Seigneur, c'est vous qui l'avez arrêté!

ISMEN.

J'ai feint que tout-à-coup (le motif qui m'anime
Rendoit, n'en doute pas, ma feinte légitime,)
Par un pouvoir divin je me sens entraîné,
Aux genoux du Sultan je tombe prosterné.
Ecoute, m'écrié-je, & qu'un arrêt funeste;
Ne nous arrache pas un espoir qui nous reste.
Permets qu'un humble esclave ose porter sa voix
Jusqu'aux pieds du plus grand & du meilleur des Rois.
Périsse le méchant, périsse l'infidelle!
Je jure à tout impie une haine éternelle.
Mais le Dieu juste & bon qui pèse les erreurs,
Pardonne au repentir, & se rend à nos pleurs:
Il daigne protéger le foible qui l'adore;
Il ne rejette pas le pécheur qui l'implore.
Vous plaignez le destin de ces infortunés,
Et ce n'est qu'à regret que vous les condamnez.
Puissent-ils donc cesser de nous être contraires!
Il faudra les sauver s'ils deviennent nos frères.
C'est le Ciel qui m'inspire; il parle, je l'entens;
Mon ame se remplit d'heureux pressentimens.
Quel triomphe, Seigneur, pour la foi Musulmane,
Si de ces fiers Chrétiens l'illusion profane,
Cède à la voix du Ciel & de la vérité!
Aladin m'a paru satisfait & flatté.
De son cœur bienfaisant la bonté se déploye.

Il punit avec peine, il pardonne avec joye.
Cher Ismen, me dit-il, avec un air serein,
Que le Dieu qui t'inspire un si pieux dessein,
Couronne les desirs que lui-même a fait naître:
Du sort des deux captifs je te laisse le maître.
Triomphe de l'erreur, fais regner notre foi;
Sers l'Etat, sers le Ciel, & compte que ton Roi
Secondera tes soins, partagera ta gloire.

NADIR.

Je connois tout le prix d'une telle victoire.
Plus l'orgueil des Chrétiens les éloigne de nous;
Plus, de les attirer, nous paroissons jaloux.
Un succès si flatteur, éclatant dans Solime,
Des pieux Musulmans vous attire l'estime.
Je connois d'Aladin les glorieux projets;
Ses vœux les plus ardens sont de voir ses sujets
Réunis avec lui dans la même croyance.
Mais au reste, Seigneur, quelle est votre espérance?
Ne craignez-vous ici d'obstacle ni d'écueil?
Des farouches Chrétiens vous connoissez l'orgueil.
Rien ne peut les troubler, rien ne peut les séduire.
Omar, le sage Omar, en vain pour les réduire
Vient de tout essayer: il n'a pas réussi.
Serez-vous plus habile ou plus heureux que lui?

ISMEN.

Omar a des talens auxquels je rends hommage.
Mais, fier de sa vertu, plus austère que sage,
Il veut par la raison subjuguer les esprits,
Et de nos passions il ignore le prix:
Comme lui je les crains, les fuis & les condamne.
Mais il n'est point d'objet, vil, impur, ou profane
D'où la main de celui, qui produit tout de rien,
Ne tire, quand il veut, sa gloire & notre bien.

Lorſque le but eſt ſaint, il ſuffit qu'on l'obtienne :
Qu'importent les chemins, pourvu qu'on y parvienne!
Le pécheur, malgré lui, le juſte, par ſon choix,
Tous honorent le Dieu qui donne à tous ſes loix.
Vaincre les paſſions eſt un art difficile;
Mais l'art d'en profiter eſt encor plus utile.
J'ai vû le jeune Olinde & j'ai lû dans ſon cœur;
Certain de ſon penchant, je connois ſon vainqueur.
Que de ſon fanatiſme il ſe faſſe une gloire;
Qu'il ſe diſe Chrétien, je conſens à le croire:
Mais ce qu'il ne dit pas, je le crois encor mieux.
Tous les feux de l'amour éclatent dans ſes yeux.
Je ne me trompe pas: s'il veut perdre la vie,
Il s'immole à ſon Dieu bien moins qu'à Sophronie.
Crois-tu qu'un vain fantôme, un ſtérile devoir,
L'emporte ſur l'amour ſecondé par l'eſpoir?
Il aime Sophronie, il veut mourir pour elle;
Mais il veut encor mieux vivre en amant fidelle....
Tu vois tout mon projet, &, s'il me réuſſit,
C'en eſt fait, je triomphe, Omar perd ſon crédit.

NADIR.

Oui, tel eſt d'Aladin le foible caractère.
Le parti qui le flatte eſt celui qu'il préfère.
Le ſuccès fait toujours le mérite à ſes yeux;
Le plus grand à ſon gré n'eſt que le plus heureux.
C'eſt à vous d'achever ce qu'Omar n'a pû faire.
Omar doit vous céder ſi vous ſavez mieux plaire.

ISMEN.

Omar doit me céder & perdre ſa faveur!
Voilà, Nadir, voilà l'idole de mon cœur.
Cet Iſmen, des Chrétiens l'implacable adverſaire,
Paroitroit leur ami s'il étoit néceſſaire.
M'aurois-tu ſoupçonné d'un aveugle tranſport?

D'un peuple lâche & vil que m'importe le ſort!
Mais prévenir les coups & renverſer l'empire
D'un ennemi puiſſant qui cherche à me détruire;
Sans rivaux, du Sultan partager le pouvoir,
Regner ſeul ſous ſon nom, tel eſt mon juſte eſpoir;
Le terme auquel j'aſpire & le prix qui m'anime.
Ami, mon cœur eſt pur, mon but eſt légitime.
C'eſt au Ciel que je ſers de ſeconder mes vœux.
Il me doit ſon ſecours... Quelqu'un vient en ces lieux:
Nadir, laiſſe-nous ſeuls... C'eſt Olinde lui-même...

SCENE II.

ISMEN, OLINDE.

ISMEN.

DU puiſſant Aladin l'autorité ſuprême
Suſpend en ma faveur l'inſtant qui pour jamais
Devoit finir ton ſort & punir tes forfaits.
Je viens te voir encor, te parler & t'apprendre
Ce que de ſa clémence un ingrat peut attendre.

OLINDE.

Eh bien, que me veux-tu? Parle & délivre-moi
Du ſupplice de voir un méchant tel que toi.

ISMEN.

A ces tranſports fougueux, à cette audace vaine,
Je reconnois l'orgueil d'une ſecte hautaine.
Je plains ton impuiſſance & je veux l'épargner.
Chrétien, qu'un Muſulman t'apprenne à pardonner.

Je chérissois ton père ; en te voyant paroître,
Si j'ai feint cependant de ne plus te connoître,
Ne crains pas que mon cœur ait sitôt oublié
Ou qu'il veuille trahir notre ancienne amitié.
Tu crois qu'un courtisan doit avoir l'âme ingrate ;
En reproches honteux lorsque ta haine éclate,
Je ne veux me venger qu'en faisant ton bonheur.

D'un ton de voix encore plus affectueux & plus radouci.

Olinde, écoute-moi, l'amour regne en ton cœur.

OLINDE, *qui avoit d'abord écouté les protestations d'Ismen avec la plus grande froideur, répond avec vivacité.*

Ciel ! qu'osez-vous penser ?

ISMEN.

Oui, j'ai lû dans ton ame :
La jeune Sophronie est l'objet qui t'enflamme.
Ami, laisse avec moi les vains déguisemens.

OLINDE, *après un moment de silence & de réfléxion.*

Pourquoi dissimuler mes secrets sentimens ?
Il est vrai, j'aime hélas ! j'adore Sophronie.
Ah ! Seigneur, vous pouvez lui conserver la vie.
Je sais que notre sort ne dépend que de vous ;
Du puissant Aladin modérez le courroux.
Si ma témérité doit passer pour un crime,
Que, satisfait au moins d'une seule victime,
Sur moi de sa vengeance il épuise les traits.

ISMEN.

Vous pouvez l'un & l'autre expier vos forfaits.
Au charme de l'espoir que votre ame se livre ;
Le Sultan vous pardonne & vous permet de vivre.
Ce n'est pas tout, Olinde, écoute, & connois mieux

Cet infidèle ami qui t'étoit odieux.
Par des liens sacrés je veux que Sophronie
A son heureux Amant soit pour jamais unie,
Que comblés par mes soins & de biens & d'honneurs...

OLINDE.

Non, je ne prétens pas à ces hautes faveurs.
N'abusez pas, Seigneur, un Amant trop sensible:
Que jamais Sophronie .. Ah! s'il étoit possible!...
Ce bonheur n'est pas fait pour un infortuné,
Aux larmes, aux tourmens, à la mort condamné.

ISMEN.

Bannis de ta pensée un soupçon qui m'offense.
Olinde, ouvre ton cœur à la douce espérance.
Vois d'un œil satisfait le bonheur qui t'attend.
Ton sort est dans tes mains; c'est de toi qu'il dépend.
Je ne t'abuse point par des promesses vaines;
Prends au lieu de tes fers de plus heureuses chaînes.
Epoux de Sophronie, avant la fin du jour,
L'hymen peut dans ses bras couronner ton amour.

OLINDE.

Le ciel qui me poursuit n'est donc pas implacable!
Un bonheur aussi grand est un poids qui m'accable.
Vous me voyez, Seigneur, interdit, égaré;
A des fantômes vains je crains d'être livré;
Je crains que mon esprit, trompé par un mensonge,
Dans cette douce erreur ne saisisse qu'un songe.
Mais enfin, si l'espoir peut m'être encor permis,
Parlez, Seigneur, parlez; que je sache à quel prix
Je puis d'un bien si cher m'assurer la conquête.
Il n'est rien qui m'étonne, il n'est rien qui m'arrête.
Quels que soient les périls qu'il me faille affronter,
L'amour peut tenter tout, & peut tout surmonter

ISMEN.

Sans expoſer tes jours ni ceux de Sophronie,
Un mot peut aſſurer le bonheur de ta vie.
Aux pieds de nos Autels viens recevoir la main
De celle à qui l'amour unira ton deſtin.
Mais à remplir tes vœux quand la fortune eſt prête,
Rends grace au ſeul vrai Dieu, rends gloire à ſon Prophète :
Voilà le ſeul retour que j'exige de toi ;
Mon fils, ſois Muſulman, ſois heureux comme moi.

OLINDE.

Que me propoſez-vous ? & que viens-je d'entendre ?
Inſenſé que j'étois!..Ah!..que pouvois-je attendre?...
Qui put trahir ſon Dieu, doit tromper ſon ami...
Tout mon ſang s'eſt glacé, tous mes ſens ont frémi.
Tu veux que, confondu dans une ſecte impure,
Tu veux qu'à ton exemple, infidèle & parjure,
Olinde s'aſſocie à ces hommes pervers,
A ces vils apoſtats, rebut de l'univers,
Sur qui l'aſtre du jour, en éclairant le monde,
Ne répand qu'à regret ſa lumière féconde !

ISMEN.

Arrête ; &, ſi l'erreur t'aveugle ſans retour,
Si malgré la raiſon, la nature & l'amour,
Ton cœur préfère à tout les chiméres chrétiennes,
Va, rampe ſous tes loix ſans inſulter aux miennes.
Et reſpecte du moins ce qu'adore ton Roi.
Inſenſé, vainement j'ai tout tenté pour toi :
Ainſi donc renonçant au bonheur, à la vie,
Et pour dire encor plus à cette Sophronie....

OLINDE.

Que dis-tu ? Parle-moi de tourmens, de la mort ;
Cruel, de ta fureur je craindrois peu l'effort.

Mais renoncer au prix de l'amour le plus tendre ;
Lorſque tu me flattois du bonheur d'y prétendre!....
Ah ! pourquoi me livrer à ce perfide eſpoir ?
Que m'as-tu fait penſer ? que m'as-tu laiſſé voir ?
O clarté malheureuſe ! ô funeſte lumière !
Un moment a changé mon ame toute entière.
Juſqu'ici l'amour pur qui conſumoit mon cœur ;
N'étoit encor nourri que de ſa vive ardeur.
Va, le beſoin d'aimer n'eſt pas celui de plaire.
Je croyois qu'un mortel, ſans être téméraire,
A cet objet divin ne pouvoit aſpirer.
Céleſte Sophronie, heureux de t'adorer,
Mon amour innocent étoit un ſaint hommage
Que je rendois à Dieu dans ſa plus noble image.
J'aimois ſans eſpérance & preſque ſans deſirs.
J'aurois craint, par mes vœux, par mes brulans ſoupirs,
De ternir dans mon cœur une vertu ſi pure....
Sans doute mes efforts ſurpaſſoient la nature....
Iſmen, que m'as-tu dit ? pourquoi t'ai-je entendu ?
Tu m'as fait eſpérer : hélas, tu m'as perdu !
Dans mes ſens embraſés tu portes l'incendie ;
Barbare, donne-moi la mort ou Sophronie.

ISMEN.

C'eſt à toi de choiſir.

OLINDE.

Dieu ! quel choix m'offres-tu ?

ISMEN.

Aimes-tu Sophronie ?

OLINDE.

Autant que la vertu.

ISMEN.

Toujours à la vertu je reſterai fidelle.

OLINDE.

Ne m'ordonne donc rien de condamné par elle.

ISMEN.

Elle ne défend pas de chercher ſon bonheur.

OLINDE.

Elle ne permet pas de trahir ſon honneur.

ISMEN.

La vertu n'eſt jamais au faux honneur unie.

OLINDE.

La vertu n'eſt jamais jointe à l'ignominie.

ISMEN.

N'eſt-il pas glorieux d'obéir à ſon Roi?

OLINDE.

Il eſt toujours honteux de manquer à ſa foi.

ISMEN.

Inſenſé qui rougit de ſe montrer plus ſage !
Un juſte changement témoigne un grand courage.

OLINDE.

J'honore le vrai zèle & j'excuſe l'erreur ;
Mais la terre, le Ciel ne voit qu'avec horreur
Le crime déteſté, l'abjecte perfidie,
Pour tout dire en un mot, l'infâme apoſtaſie
Du lâche, qui, trompé beaucoup moins que trompeur,
Se jouant de ſon Dieu ſous un maſque imposteur,
Et feignant d'invoquer la vérité ſuprême,
Abjure ce qu'il croit & trahit ce qu'il aime.

ISMEN.

Ainſi donc, ſans retour dans l'erreur engagé,
Tu perds le vrai bonheur par un vain préjugé.
Vois d'un côté la mort avec l'ignominie,
De l'autre tous les biens avec ta Sophronie.
Il faut que ce moment décide enfin ton ſort.
Parle, quel eſt ton choix?

OLINDE.

Qu'on me mène à la mort.

ISMEN.

Si c'eſt l'ordre du Ciel, il faut qu'il s'accompliſſe.
Puiſque tu veux périr, va, cours à ton ſupplice,
Va contempler de près cet appareil affreux,
Va du fatal bucher voir allumer les feux,
Va mourir dans ce lieu d'horreur & d'infâmie.
Soldats, qu'on y conduiſe Olinde & Sophronie.

OLINDE.

Sophronie ! arrêtez, barbares, arrêtez...
Ah ! Seigneur, à genoux j'implore vos bontés.
Quoi, de cette amitié que vous m'avez promiſe,
Ne pourrai-je obtenir que mon trépas ſuffiſe
Pour aſſouvir enfin ?....

ISMEN.

Non, ne l'eſpérez pas.
On doit la même peine aux mêmes attentats.
Il faut qu'un ſort égal déſormais vous raſſemble.
C'étoit vôtre deſtin que d'être unis enſemble.
Vous périrez du moins l'un à l'autre enchaînés.
Hélas ! de plus doux nœuds vous étoient deſtinés !
Qu'attendez-vous de moi ? De votre Sophronie
Oſez-vous demander qu'on épargne la vie ?
C'eſt vous qui la livrez aux bourreaux inhumains,
Je vous l'ai déja dit, ſa grace eſt dans vos mains :
Ah ! c'eſt de ſon Amant qu'il faut qu'elle l'obtienne.
N'impute qu'à toi ſeul & ſa perte & la tienne.
Viens, cruel, vois les feux qui vont la conſumer :
C'eſt toi ſeul, malgré moi, qui veux les allumer.
Non, non, tu n'aimes pas, c'eſt l'orgueil qui t'enflamme;
Ce n'eſt qu'un faux honneur qui gouverne ton ame.

OLINDE.

Elle va donc périr ?

ISMEN.

C'eſt vous qui le voulez.

OLINDE.

Je pourrois la ſauver.

ISMEN.

C'eſt vous qui l'immolez.

OLINDE.

C'eſt moi... que dites-vous ? épouvantable image !..
Ce coup eſt au-deſſus de mon foible courage.
Je peux ſauver encor cet objet adoré.
Eſt-il quelque intérêt qui me ſoit plus ſacré ?
Eſt-il ... que vais-je dire ? inſenſé ! je m'égare....
Va, les peines qu'invente une fureur barbare,
Ces flammes, ce bucher que tu m'as préparé,
Non, tout cela n'eſt rien... & mon cœur déchiré,
Sans pouvoir ſe fixer dans ſon incertitude,
Souffre un tourment cent fois plus cruel & plus rude
Que le ſupplice affreux où je ſuis condamné.

ISMEN.

Rends-toi, cède à nos vœux, jeune homme infortuné...
Olinde, vous pleurez ... laiſſe couler tes larmes;
Dans le ſein d'un ami, viens, répans tes allarmes.
Renonce à ces tranſports d'un zèle impétueux
Contre ceux dont les ſoins peuvent te rendre heureux.
Ton cœur n'étoit pas fait pour la haine farouche.
L'amour & l'amitié te parlent par ma bouche.
Que ces doux ſentimens règlent ſeuls tes eſprits;
J'eſpére tout de toi puiſque tu t'attendris.
Il en eſt temps encor ; viens recevoir ta grace ;
Viens aux pieds du Sultan abjurer ton audace.

Il t'appelle, il t'attend, il veut t'ouvrir ses bras;
Vers ce Roi bienfaisant que je guide tes pas.
Mon fils, est-ce de moi que ton cœur se défie?

OLINDE.

Où me conduisez-vous?

ISMEN.

Viens sauver Sophronie.

Ismen entraîne Olinde.

Fin du quatrième Acte.

ACTE V.

SCENE PREMIERE.

OLINDE, *seul.*

D'Où viens-je, malheureux ! Je parcours ce Palais,
Sans penser où je suis, sans savoir où je vais.
Je voudrois pouvoir fuir ce lieu que je déteste ;
A l'amour, à l'honneur, à la vertu funeste,
Mais je trouve par tout mon crime qui me suit ;
Sa redoutable horreur m'assiège & me poursuit.
Je tremble,.. je palpite... & l'effroi m'environne !
O vertu ! qu'il en coûte au cœur qui t'abandonne !
Suis-je encore Chrétien, ou suis-je Musulman ?
Qu'ai-je fait, qu'ai-je dit aux pieds de cet Iman
Où l'on vient malgré moi d'entraîner ma foiblesse ?
Détestable serment ! Sacrilège promesse !...
D'un espoir enchanteur on flatte mes desirs :
Malheureux ! Est-ce à moi de goûter les plaisirs ?
Le sentiment amer dont mon ame est remplie
Va souiller à jamais chaque instant de ma vie.
Au milieu de mes maux, des rigueurs de l'amour ;
Sans former des desirs, sans espoir de retour,

J'éprouvois que, malgré mes soupirs & mes larmes ;
Au sein de la vertu la douleur a des charmes.
J'oubliois mes ennuis quand je songeois à toi,
Et j'y songeois toujours sans trouble & sans effroi... :
Je frissonne à présent au nom de Sophronie.
La paix, la douce paix de mon ame est sortie.
Je n'étois pas heureux, mais du moins le remords
N'empoisonna jamais mes innocens transports.
L'amour n'est plus pour moi cette flamme divine
Pure comme le Ciel sa brillante origine.
C'est un feu violent que l'enfer a produit.
Le crime en est la source & la honte le fruit.
Hélas ! J'ai préféré, dans mes ardeurs impies ;
Au flambeau de l'amour les torches de furies.

(Ismen paroît.)

Le voilà cet ami qui trompant ma raison
A versé dans mes sens son funeste poison.

SCENE II.

OLINDE, ISMEN.

ISMEN.

POURQUOI me fuyez-vous ? D'où viennent ces alarmes ?
Olinde, il n'est plus temps de répandre des larmes.
Songez-vous au bonheur que je vous ai promis ?
Le Sultan vous protège ; & vous, sujet soumis,
Méritez les bienfaits d'un maître qui vous aime.

OLINDE.

Verrai-je Sophronie ?

ISMEN.

ISMEN.

Oui, dans ce moment même,
Cher Olinde, elle va reparoître à tes yeux;
Tu verras cette amante, objet de tant de vœux;
Et tu ne craindras plus qu'elle te ſoit ravie.
Tu ſeras déſormais le maître de ſa vie.
Ecoute un nouveau trait de mon zèle pour toi.
Outrageant notre culte & mépriſant ſon Roi,
Ton amante farouche, infléxible ou trop fière,
Ne veut ſous aucun joug courber ſa tête altière.
Comment donc la ſauver & fléchir le Sultan?
Suivant nos juſtes loix il n'eſt qu'un Muſulman
Qui puiſſe réclamer ſon eſclave Chrétienne,
Qu'une aveugle fureur vers le martyre entraîne.
Reçois donc ſur la tienne un empire abſolu.
Notre Dieu le permet, le Sultan l'a voulu.
Aſſervis la beauté qui t'enchaîne toi-même.
Il eſt doux de regner ſur celle que l'on aime.
Solime va te voir au pied du ſaint Autel
Payer à notre foi le tribut ſolemnel
Qu'un juſte citoyen doit rendre à ſa patrie.
Alors, maître de toi, maître de Sophronie,
Ne crains plus: je te rends tes droits, ta liberté,
Et que rien ne s'oppoſe à ta félicité.
Si le faſte des Cours a pour toi peu de charmes,
Abandonne des lieux toujours remplis d'alarmes,
Et va chercher ailleurs le repos & la paix
Que ſouvent la Fortune écarte des Palais.
Hâte-toi ſeulement d'accomplir mon attente:
Je comblerai la tienne. On vient; c'eſt ton Amante:
Laiſſe-moi lui parler.

SCENE III.

ISMEN, OLINDE, SOPHRONIE.

ISMEN.

MADAME, il n'eſt plus temps
D'affecter ces hauteurs, ces dédains inſultans,
Qui ſous les vains dehors d'un ſuperbe langage
Cachent un fol orgueil plutôt qu'un vrai courage.
Vous avez offenſé nos plus auguſtes loix.
Du Trône & de l'Autel violant tous les droits,
Vous oſez blaſphêmer ce qu'ici l'on adore.
L'erreur eſt un grand mal; l'orgueil eſt pire encore.
Vos crimes, votre audace ont mérité la mort.
Je veux bien cependant adoucir votre ſort:
Sachez que le Sultan m'en a laiſſé l'arbître;
Pour commander ici, voilà quel eſt mon titre.
Je devrois vous punir; mais rendez grace au Ciel
Qui ne m'a pas formé le cœur dur & cruel.
D'un trépas rigoureux ma bonté vous délivre.
Malgré tous vos forfaits je vous permets de vivre.
Renoncez ſeulement à votre liberté,
A ce bien précieux, mais ſouvent trop vanté,
Qui ne devroit peut-être appartenir qu'au Sage.
J'ai fixé votre ſort; vivez dans l'eſclavage;
Mais vous n'en devez pas redouter les rigueurs.
L'eſclave comme vous, qui captive les cœurs,
Règne même en ſervant, & commande à ſon Maître;
Le vôtre à vos deſirs brûle de ſe ſoumettre.
Connoiſſez, reſpectez l'arbître de vos jours.
Je vous laiſſe avec lui.

SCENE IV.

SOPHRONIE, OLINDE.

SOPHRONIE.

Quel eſt donc ce diſcours ?
A peine ai-je écouté ce que diſoit ce traître.
Mais que veut-il parler d'eſclavage & de maître ?

OLINDE.

Voyez à vos genoux l'eſclave infortuné
Qui toujours ſous vos loix veut reſter enchainé.
Madame, écoutez-moi : je ne dois plus vous taire
D'un amour malheureux le funeſte myſtère.
Depuis près de trois ans que, ſuivant tous vos pas,
Vous me voyez toujours fixé ſur vos appas,
Mes regards, mes ſoupirs auroient dû vous apprendre
Un ſecret important dont mon ſort va dépendre.
Madame, je vous aime, & jamais tant d'ardeur,
Jamais des feux ſi vifs n'embraſeront un cœur.
Cependant je ne veux, je n'oſe encor prétendre
Au prix qu'on doit peut-être à l'amour le plus tendre.
Le bonheur où j'aſpire eſt de vous ſecourir.
Vivez, ſoyez heureuſe, & laiſſez-moi mourir.

SOPHRONIE.

Qu'entens-je ? C'eſt à moi que ce diſcours s'adreſſe !
Juſte Ciel ! C'eſt à moi qu'on parle de tendreſſe !
Chrétien, pour te livrer à ton profane amour,
Quels lieux as-tu choiſis, quel moment & quel jour ?
Le bucher nous attend ; c'eſt-là qu'il faut ſe rendre,
C'eſt-là que je pourrai te répondre & t'entendre.

OLINDE, *avec fureur.*

Non, vous ne mourrez pas : vos jours m'ont trop couté.
Je viens d'immoler tout, l'honneur, la vérité.
J'ai cédé lâchement au tyran qui m'opprime.
Non, je ne perdrai pas tout le fruit de mon crime.

SOPHRONIE.

Malheureux, qu'as-tu fait ?

OLINDE.

Ce n'eſt qu'en frémiſſant
Que je puis avouer... Sur mon front rougiſſant,
Ne découvrez-vous pas la honte qui m'accable ?
De tous les criminels voyez le plus coupable.
Je ne ſuis plus Chrétien.

SOPHRONIE.

Qu'as-tu dit ? Quel aveu !
Tu trahirois ta Foi !.. ſe pourroit-il, grand Dieu !
Quoi ce jour de ma mort, quoi ce jour de victoire,
D'un triomphe ſi beau verroit flétrir la gloire !
L'opprobre des Chrétiens rejailliroit ſur moi !..
Ecoute, s'il falloit ne reconnoître en toi
Que l'eſclave des ſens, qu'un amant téméraire,
Il faudroit te haïr... Comment haïr mon frére !
L'amour, des vrais Chrétiens eſt la premiére loi.
Tu me crois inſenſible ; ah ! j'aime plus que toi ;
Non de ce fol amour, qui, malgré tous ſes charmes,
Marche toujours ſuivi de ſoucis & d'alarmes.
Oſes-tu comparer mon amour & le tien ?
Je cherche ton bonheur : as-tu cherché le mien ?
Le moment eſt venu : la palme eſt préparée ;
Tu voudrois m'arracher une gloire aſſurée.
Parle, que m'offres-tu pour l'immortalité,

Pour le Ciel, pour mon Dieu que tu m'auras ôté?
S'il me faut consentir à te devoir la vie,
Ce n'est qu'à ton amour que je me sacrifie;
Va, ce sont tes plaisirs que tu veux conserver.
Tu m'aimes pour me perdre, & je veux te sauver.

OLINDE.

Hélas! Comment atteindre à ces hautes maximes!
J'écoute avec respect ces préceptes sublimes.
Mais mon cœur est trop foible....

SOPHRONIE.

Il peut devenir fort.
Ranime ton courage, & fais un noble effort.
Implore le secours & le pouvoir suprême
De celui qui commande à la volonté même.
Il ne refuse pas sa grace & son appui
Au foible qui l'invoque & qui s'adresse à lui.

OLINDE.

Je sens toute l'horreur de mon apostasie:
J'ai pû trahir mon Dieu, le Dieu de Sophronie...
Hélas! je suis indigne, & de vous & du jour:
Il faut que je renonce à la vie, à l'amour.
Tout est fini pour moi: puisse au moins ta justice
Agréer, ô mon Dieu, ce fatal sacrifice!
Daigne me pardonner tous les maux que j'ai faits.
Puisse, puisse ma mort expier mes forfaits!
Mais vous, dont les vertus, la piété profonde
Peuvent long-temps encore être utiles au monde,
Vivez, soyez toujours l'exemple des Chrétiens....

SOPHRONIE.

Va, tu ne connois pas mes devoirs ni les tiens.
A nos persécuteurs, dont je brave la rage,
Aux Chrétiens, dont il faut soutenir le courage;

A toi, qui dans l'erreur as voulu m'entraîner,
Je dois un grand exemple & je vais le donner.

OLINDE.

Vous voulez donc mourir!

SOPHRONIE.

C'est au Ciel qu'il faut vivre;
C'est au Ciel que je vole, oseras-tu me suivre?
Tu m'aimes... Sais-tu bien ce qu'exige de toi
Cet amour, s'il est pur, s'il est digne de moi?
Sur la terre jamais nous ne vivrons ensemble.
Dans le sein du Très Haut que la mort nous rassemble.
C'est-là que, réunis par des nœuds éternels,
Rien ne doit séparer nos esprits immortels.
C'est-là que, jouissant d'un bonheur sans alarmes,
Du véritable amour nous goûterons les charmes.
Ingrat, tu ne sens point quel prix nous est offert...
Ouvre les yeux, Olinde, & vois le Ciel ouvert,
Vois ce Trône brillant que l'éclat environne.
Laisserons-nous, hélas, ravir notre couronne?
Prends garde, malheureux; songe que d'un moment,
D'un moment fugitif l'éternité dépend.

OLINDE.

Toujours la vérité nous émeut & nous touche;
Mais elle a plus de force encor dans votre bouche.
Il ne m'appartient plus de vanter mes sermens;
Mais vous verrez bientôt....

On entend un grand bruit d'instrumens guerriers qui annonce la venue du Sultan: le Théâtre se remplit de Soldats & de Gardes.

SCENE V.

Le fond du Théâtre s'ouvre entièrement & laisse voir une grande place, au milieu de laquelle est un bucher, & dont les côtés sont remplis de peuple.

ALADIN, OMAR, ISMEN, SOPHRONIE, OLINDE, SUITE DU SULTAN.

ISMEN.

FIDÈLES Musulmans;
O vous, que dans ces lieux attire l'espérance
D'être aujourd'hui témoins d'une illustre vengeance;
Le Dieu que nous servons est un maître clément
Qui se laisse fléchir & toucher aisément.
L'invincible Aladin toujours grand, toujours sage,
De ce Dieu bienfaisant est la vivante image.
Que toujours occupé de notre seul bonheur,
Il regne par l'amour plus que par la terreur.
S'il est quelque forfait que jamais rien n'efface,
C'est peut-être, il est vrai, pour un excès d'audace
Qu'un excès de rigueur doit paroître permis.
Mais, pour mieux nous venger de nos fiers ennemis,
Que soumis & tremblans ils viennent rendre hommage
A ces mêmes Autels que leur révolte outrage.
Voulez-vous accabler un jeune infortuné,

Par sa naissance même à l'erreur destiné,
Séduit par un faux zèle, ou trompé par ses Prêtres,
Il a trop écouté les conseils de ces traîtres.
Mais, s'il est condamné, malgré son repentir,
Nos rivaux triomphans en feront un martyr;
La Superstition, conservant sa mémoire,
Par son supplice même augmentera sa gloire.
Laissez-moi vous venger & punir les Chrétiens.
Je veux que ce héros, si vanté par les siens,
Abjurant à leurs yeux son audace funeste,
Condamne ses forfaits, hautement les déteste;
Qu'à jamais il renonce à ces dogmes trompeurs,
Follement consacrés par de vils imposteurs;
Qu'humblement prosterné, sous le joug du Prophète,
Confus de ses erreurs, il fléchisse la tête.
Faisons regner par-tout Mahomet & sa loi.
Quel triomphe plus beau pour notre sainte Foi!
Pouvons-nous mieux venger l'honneur de notre culte?
Pouvons-nous mieux punir l'orgueil qui nous insulte?
Puissent tous les Chrétiens vouloir se rendre heureux,
Et ne nous forcer pas d'être plus rigoureux!

ALADIN.

Pour la dernière fois ta grace t'est offerte,
Olinde, viens choisir ton salut ou ta perte.
Vois ces feux allumés, ces flammes, ce bucher;
Vois les périls affreux dont je veux t'arracher.
Ainsi nous punissons l'orgueil dur & farouche;
Mais l'humble repentir nous désarme & nous touche.
Périsse le Chrétien rebelle & furieux
Dont rien ne peut dompter le zèle audacieux!
Mais, si des Musulmans tu veux être le frère,
Si ton cœur est frappé d'un remords salutaire;

Viens

Viens, mon fils, dans mes bras dépose ton effroi,
Et plein de confiance approche de ton Roi :
Viens chercher un azyle auprès du Trône même.
Le sceptre est dans mes mains : si le pouvoir suprême
Au-dessus des mortels place en effet les Rois,
Secourir, pardonner, voilà nos plus beaux droits.

(au Peuple).

Amis, triomphons tous de l'heureuse conquête
Qu'assure la clémence à la foi du Prophète.

(à Olinde qui s'est approché).

Voici le livre saint, le livre révéré,
En faveur des Croyans par Dieu même inspiré ;
Parle, jure à nos yeux d'adorer & de suivre
Les préceptes divins contenus dans ce livre :
Qu'il règle désormais & tes mœurs & ta foi.

OLINDE.

Il prend l'Alcoran.

O mes concitoyens ! ô mon juge ! ô mon Roi !
Je sens que mes forfaits ne souffrent point d'excuse.
Quand vous me pardonnez, moi-même je m'accuse.
Non, ce bucher n'est pas allumé vainement :
Qu'il consume avec moi l'odieux monument
Que consacre l'erreur, qu'éleva l'imposture. . . . .
Hélas ! né dans le sein de la foi la plus pure,
J'ai connu mon devoir . . . . & j'allois le trahir !
Peuple voilà mon crime . . . . & je vais m'en punir.

Il se jette dans le bucher.

SOPHRONIE.

Le Ciel m'inspire aussi : c'est Dieu qui nous appelle ;
Je l'entens ; à sa voix serai-je moins fidelle ? . . . .
C'est ainsi qu'il falloit m'assurer de ta foi,
C'est ainsi qu'à jamais je veux m'unir à toi.

Olinde, sur tes pas je vole à la victoire,
Laisse-moi partager tes tourmens & ta gloire.

Elle se précipite dans les flammes.

ALADIN.

Ainsi donc, à leur maître insultant tous les deux,
Ils préfèrent la mort à mes bontés pour eux !
Je vois avec douleur cette audace imprudente
Qui brave ma clémence & trompe mon attente.

OMAR.

Dieu seul au fond des cœurs fait entendre sa voix:
Commander aux esprits, c'est usurper ses droits.
Le foible peut se rendre & céder à la crainte :
Le courage élevé résiste à la contrainte.
Ce couple infortuné qui fait couler nos pleurs,
Renonce à vos bienfaits plutôt qu'à ses erreurs.
Malheureux !.... est-ce orgueil, désespoir, fanatisme,
Ou le sublime effort du plus noble héroïsme?
Nous devons admirer, plaindre tant de grandeur.
Heureux qui peut du moins mourir avec honneur!
Mais, plus heureux encor le citoyen modeste
Dont la vertu plus douce est aussi moins funeste!

ISMEN.

Les secrets du Très-Haut sont cachés aux humains,
Il sçait bien, malgré nous, accomplir ses desseins.
Dieu juste, Dieu puissant, tu te venges toi-même:
Musulmans, adorons son équité suprême.
Nos vertus à ses yeux sont souvent des erreurs.
Défions-nous surtout du penchant de nos cœurs ?
Gardons-nous d'écouter une pitié profane,
Et n'épargnons jamais ceux que le Ciel condamne.

Fin du cinquieme & dernier Acte.

www.ingramcontent.com/pod-product-compliance
Ingram Content Group UK Ltd.
Pitfield, Milton Keynes, MK11 3LW, UK
UKHW021217230726
13926UKWH00003B/1084

9 782014 095791